W0220986

CHOISIR D'ÊTRE HEUREUX

Couverture : Shutterstock/Studio City

ISBN : 978-2-8246-1982-8
Code Hachette : 18 0926 9

Collection dirigée par Christian English & Frédéric Thibaud
Catalogues et manuscrits : city-editions.com/IDEO

Dépôt légal : Janvier 2022

CHOISIR D'ÊTRE
HEUREUX

DOMINIQUE VAN ACKER

ideo ÉDITIONS

SOMMAIRE

JOURS 1 À 10

JOURS 11 À 20

JOURS 21 À 30

En te levant le matin, rappelle-toi
combien précieux est le privilège
de vivre, de respirer, d'être heureux.

MARC AURÈLE, EMPEREUR,
HOMME D'ÉTAT, PHILOSOPHE (121-180)

Pour guérir nos maux,
il faut trois conditions : la conscience,
l'action et la persévérance.

CARL GUSTAV JUNG

Pourquoi ce livre ?

S'ouvrir au bonheur, c'est s'ouvrir à Soi et à sa conscience. La quête du bonheur ouvre la porte à ce que l'humanité a de plus précieux à offrir : la sérénité, le libre accès à la véritable force intérieure et à la faculté de réaliser sa vie en toute conscience. À la liberté de l'Âme !

DOMINIQUE VAN ACKER

Si l'on considère leur effet de régénération, qu'elles soient individuelles ou collectives, les crises s'avèrent, à terme, généralement salutaires. Si elles assainissent et amènent souvent des transformations, à divers stades, les crises provoquent aussi graduellement le déni et la peur des changements pourtant à la fois rationnels et personnels. S'ouvrir au changement, c'est accepter les crises pour en tirer les enseignements en vue d'évoluer. C'est aller au-delà de la peur en traversant la barrière de sécurité placée au mauvais endroit. Pour changer, il est nécessaire d'affronter pour mieux se relever. La crise est une opportunité qui permet d'accéder au bonheur.

Être heureux est un état d'esprit. C'est être relié à Soi. Et être Soi, c'est être à la fois spontané, authentique et raisonnable (cela ne veut pas dire conventionnel, mais fait référence à l'autodiscipline) dans le but de façonner son propre bonheur.

Notre magnétisme est lié à la spontanéité, qui n'est autre que cette faculté à s'émerveiller de ce qui se présente à nos sens et à pouvoir sentir, à l'intérieur, le chemin vers le bonheur. La spontanéité est un rayon lumineux, elle est l'essence même de la vertu. Dans cette source de vie profonde se trouve l'origine de votre âme.

S'éveiller à soi est la condition incontournable pour échapper aux aléas de la vie moderne et au stress qu'elle engendre, sans égard pour votre destin et votre famille, pour vous et vos talents, vous et votre bonheur.

Le temps est venu de faire un choix pour vous-même et de poser les limites indispensables aux agressions extérieures. Le temps est venu de choisir le bien-être.

Être « prêt et résilient » est la première étape. Je rencontre trop souvent des personnes qui, faute de conviction et de méthode, n'arrivent pas à s'en sortir. N'étant pas prêtes, elles se lancent irrémédiablement dans des voies sans issue. D'autres ne sont pas aptes à affronter l'onde de choc que peut produire la prise de conscience. Le changement exige ces deux états. Être prêt(e) signifie que la dose de souffrance supportée devient inacceptable et que le changement est indispensable. Être résilient(e), c'est être conscient(e) et accepter que les conséquences de ce changement puissent s'avérer difficiles, voire parfois douloureuses, mais qu'à long terme, l'issue soit extrêmement positive.

Promues à travers les médias et réseaux sociaux, une multitude de techniques offrent rêve, réussite, bonheur et fortune. En réalité, rien de concret ou de réellement efficace n'est proposé, si ce ne sont des solutions isolées à des prix parfois exorbitants. Cela porte un nom : le « commerce du bonheur ».

Et si, par ailleurs, une multitude d'ouvrages et de vidéos proposent en vain des recettes relevant du miracle, c'est qu'il manque une méthode progressive ou une ligne directrice. Dès lors, aucun courage ou travail acharné n'apportera un véritable résultat dans la durée. Seule une démarche dirigée, rationnelle et graduelle permettra de sortir de l'ornière des blocages.

Si vous êtes prêt(e), vous possédez déjà la condition première pour entamer le chemin du bonheur. Et s'il n'y a pas de formule magique, il existe bel et bien une méthode efficace qui vous guidera dans le respect du corps et de l'esprit.

Ce livre est une offrande du cœur. Depuis bien longtemps, j'aide des hommes et des femmes à modifier leur vécu et leur quotidien afin qu'ils puissent évoluer dans leur véritable réalité. Je vous propose ici une démarche progressive, réaliste et efficace tirée de la « Méthode ERS® » (Effacer & Reconstruire pour le Succès), issue d'années de consultations et recherches passées à libérer les personnes de leur prison intérieure. Laissez-moi vous conduire vers votre bonheur.

Qui est Dominique ?

À 22 ans, j'avais compris que ma vie serait celle que je choisirais. Quatre ans plus tôt, ruinée mentalement par une dévalorisation constante et blessée par le rejet, je décidai de prendre mon baluchon et de quitter ma famille.

C'était un lundi de janvier, je m'en souviens comme si c'était hier. Sans en être consciente, j'avais entamé le changement, et par la même occasion, la reprogrammation de mon cerveau. Et je savais que le bonheur était au bout de la route !

Sous l'impulsion d'une énergie nouvelle et d'un besoin de quête existentielle, j'avais pris la décision de bâtir mon futur sur le socle de mes talents, de mes vocations, de mes valeurs et de ma mission de vie. Il n'est pas présomptueux de parler de « talents », parce que l'excellente nouvelle est que nous en sommes tous pourvus ! Et nous avons tous une mission de vie. Grâce à cette réalité, il est donc évident que nous méritons tous, autant que nous sommes, une vie jalonnée d'amour et de bonheur.

Ma première vocation est l'entrepreneuriat. Avide de liberté et de découvertes, depuis plus de 25 ans, je construis, développe et crée des projets grâce à ma passion et un engagement sans faille vis-à-vis de moi-même et de mes choix. Mes projets se sont réalisés aux quatre coins de la planète. J'en garde une expérience parfois difficile, mais toujours gratifiante.

Ma deuxième vocation est l'étude et l'application de la psychologie et des neurosciences. L'être humain me passionne, ses personnalités, ses talents extraordinaires, son cerveau et surtout sa conscience.

Ma troisième vocation est l'art. C'est un talent que je cultive depuis peu, mais qui a toujours été en moi depuis petite.

Ma mission ? L'éveil de la conscience de Soi. Grâce à la maîtrise de l'intuition et l'analyse méthodique, j'induis une nouvelle manière de penser et d'agir en conscience de soi et de l'universel. Au bout : la lumière.

Mes atouts : après mes études de psychologie, je me suis investie durant trois années dans la pratique du shiatsu aux côtés d'un maître japonais. Cette technique thérapeutique m'a sensibilisée à la force de l'énergie et sa puissante action sur le corps et l'esprit. La médecine chinoise me fascine elle aussi, sa logique préventive, ses approches millénaires et naturelles, dont la diététique énergétique. J'appris à l'appliquer à travers des études à Paris et Hong Kong, et de nombreux voyages en Chine.

J'ose me qualifier aujourd'hui de « stratège mental » en aidant les personnes à reprogrammer leur cerveau pour les ouvrir à leur potentialité et leur énergie enfouies à l'intérieur d'elles-mêmes.

Rien n'est jamais définitif. Il est toujours possible de modifier des aspects de votre histoire et de construire celle dont vous rêvez. Le soleil brille pour tout le monde, rien ne peut vous dépouiller de cette évidence.

Eleanor Brown a dit : « Il y a des moments dans notre vie où nous devons réaliser que notre passé est précisément ce qu'il est et nous ne pouvons pas le changer. Mais nous pouvons changer l'histoire que nous nous racontons et, ce faisant, nous pouvons changer l'avenir. »

Mon défi : vous aider à vous défaire de ce qui vous tire vers le bas et à construire une histoire, la vôtre. Votre cerveau est muni d'un logiciel contenant tout ce qui fait de vous celui ou celle que vous êtes aujourd'hui. Bien souvent, il est indispensable de modifier certaines parties de ce programme, de faire une mise à jour pour avancer et évoluer. C'est une étape essentielle vers un nouveau départ. Il s'agit également d'apprendre à vivre au rythme du présent.

Ma passion : vous réveiller, vous aider à vous lever et vous apprendre à vous honorer !

Introduction

Si vous tenez ce livre en main, c'est que vous êtes prêt(e) à devenir heureux(se). Voilà une excellente nouvelle ! Vous avez accepté de changer votre vie. De vivre heureux, tout simplement ! Les périodes de crise incitent à agir lorsque la souffrance quotidienne endurée devient intolérable.

Changer est à la fois excitant et motivant. Vous passerez par des périodes d'enthousiasme, mais également de doutes ou d'envies d'abandonner. Vous aurez tendance à résister face aux difficultés et à tout ce qui pourrait vous décourager. Et c'est normal !

Tout apprentissage passe par des phases d'engouement, d'inspiration, d'euphorie, de découragement, d'envie ou d'abandon, car le changement à la fois ravit et perturbe, faisant apparaître de nouvelles émotions, des situations méconnues et des peurs. C'est pour cette raison que le changement exige du courage et de la persévérance. Une fois en route, ne rebroussez pas chemin pour réintégrer votre routine en apparence sécurisante, mais dont la souffrance fait partie. Vous n'en voulez plus ! L'apprentissage de soi-même est un défi au-delà du déni.

Pour réussir un changement, il faut tenir bon et dépasser ses limites. Rappelez-vous que les limites, c'est vous qui les fixez. Osez dépasser vos peurs, parce qu'au bout de tout ce que vous allez vivre durant ces 30 jours, il y a « vous », la liberté et la sérénité intérieure. Et surtout, une nouvelle vie. Faites-vous confiance, vous serez étonné(e) du résultat !

Le livre

Il s'agit d'une invitation à vous extirper de votre léthargie et à vous réveiller. Quand je parle de léthargie, je parle de l'ignorance de soi. Si vous ignorez votre potentiel, vous naviguez automatiquement dans une torpeur cérébrale sous le contrôle de votre environnement et ses événements. Ce livre a été conçu pour bousculer tout cela. Il bousculera votre routine, votre torpeur et votre léthargie.

Il est une opportunité pour :

1. L'implantation d'une nouvelle routine définitive dans votre vie !
   Quelle routine ? Celle d'être heureux (se) !
2. Prendre les décisions qui s'imposent POUR DEVENIR RÉACTIF(VE) ET SURTOUT CHANGER LE « CONTRÔLE » DE MAIN.
   Quelles décisions ?
   - Ne plus être victime de votre histoire passée.
   - Ne plus être sous le contrôle de votre environnement et des événements extérieurs qui vous emmènent dans leurs tourbillons de misère.
   - Éradiquer les éléments et les relations toxiques de votre vie.
   - Vivre pleinement qui vous êtes.

- Raviver le plaisir véritable d'« être soi ».
- Construire votre propre histoire et vivre selon vos valeurs, votre vision et votre mission.

En résumé : changer AVEC FORCE ce qui ne vous convient plus !

Et finalement :

3. Apprendre à vivre pleinement votre vie.

C'est un sacré programme ! Et quand vous l'aurez décidé, cela vous conduira vers une toute nouvelle idée : CONTRÔLEZ VOTRE VIE ET DONC VOTRE BONHEUR.

En 30 jours ? Absolument ! Êtes-vous prêt ?

À qui s'adresse ce livre ?

Vous vous sentez éloigné(e) de la vie et de vous-même. Vous avez l'impression de flotter en vous, sans bases et sans repères. Vous passez votre temps à regarder le bonheur des autres. Vous ressentez une gêne intérieure constante sans trop pouvoir en identifier la cause. Vous fonctionnez sans exister, automatiquement. Vous ressentez un malaise émotionnel permanent et votre mental est instable. Vous sentez que vos comportements sont adaptés aux autres, mais ne correspondent pas à ce que vous êtes à l'intérieur. Vous vous efforcez de plaire, de coller à ce que les autres attendent de vous. Vous êtes une marionnette de votre environnement.

Votre quotidien est pesant, excepté quand vous êtes seul(e) avec vous-même ou proche d'un(e) ami(e) sincère. Vous souffrez intérieurement et vous avez beaucoup de mal à tolérer cette souffrance.

La routine est lourde. Votre environnement est irrespirable, écrasant et difficile à affronter. Les autres pèsent dans votre quotidien. Vous sentez que vous pourriez craquer.

Tous ces indices induisent une possible crise de vie dont les symptômes peuvent être un état dépressif, un burnout, une anxiété permanente… Ce sont des signes d'éloignement de soi, mais aussi de cassure de la carapace, du masque que vous pensiez protecteur. Vous êtes à un croisement et vous ne savez plus quelle direction prendre pour sortir de ce carcan. Si vous vous reconnaissez à travers ces symptômes, c'est que ce livre est pour vous.

La « Méthode ERS® »

Changer, est-ce difficile ? Oui. Mais la perspective du changement est un ravissement. Et là, il n'est plus question de comparer ce ravissement aux plaisirs éphémères obtenus facilement. Je parle ici d'un plaisir durable et profondément ancré : celui de vivre en phase avec Soi.

Si vous n'en êtes pas encore à ce stade, ce plaisir est difficile à concevoir, car dans votre esprit se construit l'idée que changer équivaut à perdre quelque chose : perdre votre personnalité du moment, perdre tout ce qui vous conforte encore dans votre vie ou perdre votre entourage. En vérité, vous pensez perdre votre sécurité, mais ce n'est pas tout à fait la réalité. Vous perdrez plutôt ce qui vous rend malheureux, la source de votre souffrance. Pour cela, vous devez reconnaitre et accepter cet état de souffrance. Vous gagnerez alors les moyens pour construire ce qui vous rendra heureux. Certains changements ne sont pas à exclure, mais ce sera le résultat de vos propres décisions pour un « nettement mieux » !

Si vous regardez autour de vous, vous trouverez certainement une personne que vous croyez réellement heureuse, quelqu'un à qui tout sourit et que vous enviez. Attention, ne vous trompez pas de personne et ne regardez pas ceux qui affichent une image tronquée (ou trompeuse) de leur vie.

Là se trouve ce que je vous invite à réaliser dans ce livre : créer votre bonheur par la recherche de soi et du plaisir infini qui en découle.

Pour atteindre ce but, un seul outil extraordinaire est indispensable, un outil dont nous sommes tous munis : le cerveau.

La « Méthode ERS® », que j'ai créée, peut être qualifiée de technique « neuro-impressive ». Elle modifie la « cervigraphie »[1], c'est-à-dire l'impression de la réalité dans le cerveau afin d'imprimer une nouvelle réalité.

Tout est à la fois changement et mouvement autour de vous, mais également en vous. Le cerveau est composé de cellules nerveuses (entre 86 et 100 milliards de neurones et un nombre quasi similaire de gliales [glies]) qui assurent la faculté de changement. Les neurones assurent la transmission de l'information et les glies assurent un rôle de nutrition et de support des neurones. C'est avec l'aide de ces cellules que la transformation intérieure est possible à travers la « Méthode ERS® ».

Ma méthode propose des techniques progressives conçues pour comprendre et modifier certains modelages du passé et les faire évoluer vers de nouvelles possibilités. Elle identifie les processus cérébraux qui empêchent l'évolution et aide à la reconstruction de nouvelles perspectives.

Pour le dire de manière plus rigoureuse : le but est de construire de nouvelles relations neuronales par l'apprentissage de soi (apprendre à s'apprendre), créer de nouveaux chemins dans le cerveau et les renforcer pour extérioriser qui nous sommes, afin d'accéder au bonheur.

1. « Cervigraphie » : la graphie de ce qui est contenu dans la mémoire de votre cerveau.

Pratiquement

Votre engagement fera de cette démarche une réussite. Mais également votre croyance en la vie que vous méritez. Cette croyance implique que vous sachiez ce que vous voulez et pourquoi vous le voulez. Sans cette intime croyance, qui deviendra un moteur de développement et le socle de votre motivation, vous pourriez frôler l'abandon.

Tout individu sur terre mérite non seulement d'être heureux, mais aussi de désirer, d'accéder au plaisir et au succès. Le bonheur, c'est tout ça. Le bonheur est un droit.

Mais il y a une réalité : VOTRE FOI (en vous). Si vous vous engagez dans cette aventure, je vous promets qu'au bout du chemin, vous trouverez l'essence de votre bonheur à construire.

Lisez attentivement la charte d'engagement ci-dessous, datez-la, signez-la et ayez la FOI en vous.

Charte personnelle d'engagement

- Je m'engage à travailler sur moi pour devenir libre.
- Je m'engage à réaliser tous les exercices du livre.
- Je m'engage à accepter et à rester ouvert sur ce qui va se manifester.
- Je m'engage à combattre toute résistance.
- Je m'engage à nourrir ma motivation.

- Je m'engage à ne pas me laisser envahir par des peurs.
- Je m'engage à ne pas écouter ceux qui tenteront de me décourager.
- Je m'engage à persévérer, quoi qu'il arrive.

Je m'engage à 100 % à terminer mon cheminement et à suivre scrupuleusement mes protocoles.

État d'esprit

Votre première mission est d'ouvrir votre propre conscience à ce que vous êtes, ce que vous faites et pensez. Pour ce faire, il est indispensable de maintenir un état d'esprit curieux et constructif. Êtes-vous disposé(e) à aller de l'avant vers la découverte de vous-même et des possibilités disponibles en vous afin d'évoluer et de trouver le bonheur ? N'êtes-vous pas la personne la plus importante de votre vie ? Oui, évidemment !

Matériel

Un carnet de notes pour compléter ce livre pour y inscrire vos résultats, vos progrès et vos ressentis.

Environnement

Un espace dédié à la concentration et de préférence un endroit calme. Choisissez-le avec soin, car cet endroit sera votre repère et votre réconfort. Si vous ne pouvez aménager un endroit chez vous, allez dans la nature si le temps le permet ou trouvez un salon de thé tranquille.

Baromètre intérieur : auto-évaluation positive

Vous évaluerez les progrès effectués à chaque étape de votre cheminement pour vous encourager à progresser et à réaliser les exercices suivants.Il s'agira de noter de 1 à 10 les différents aspects ci-dessous et de justifier vos choix de cotes.

Vous vous autoévaluerez sur :

- Votre mental ;
- Vos émotions ;
- Vos pensées ;
- Vos peurs ;
- Votre degré de bien-être intérieur.

Visez les progrès. Vous pourrez suivre l'évolution de votre baromètre intérieur.

Vous trouverez la page « Évaluation quotidienne » après chaque jour de travail. Pourquoi est-ce si important de s'autoévaluer ? S'autoévaluer est primordial pour construire une motivation intrinsèque. Ce type de motivation est puissante, car elle vient de l'intérieur. Alimentée par l'auto-évaluation positive, elle alimente votre niveau de motivation. Il s'agit d'une motivation qui s'apparente à l'identification des besoins.

Car qui dit besoins, dit recherche de satisfaction de ces besoins. L'auto-évaluation positive est une forme de réponse qui soutient la satisfaction. S'autoévaluer permet d'augmenter rapidement la confiance en soi. Et qui dit confiance en soi renforcée, dit auto-alimentation de la motivation.

Actions du jour

Ce type d'action développera la mise en place de routines de fonctionnement et de contrôle des tempêtes intérieures. Par tempêtes, j'entends les débordements émotionnels et les autosabotages.

Je contrôle ma « voix intérieure néfaste »

Il s'agit de contrôler les pensées négatives et destructrices qui vous minent. Plutôt que de vous laisser emporter par le tourbillon négatif, faites l'inverse ! Contrôlez cette voix intérieure et imposez-vous à elle. Prouvez-lui qu'elle a tort et que vous êtes à la barre ! Lorsqu'elle se manifeste, ne vous laissez pas influencer par ses semonces. Imposez-vous en la remettant sur le chemin du positivisme.

J'évolue dans la gratitude

Relevez dans votre vie toutes ces petites choses qui sont source de bien-être. Cela peut être une tasse de café le matin, un bonjour d'un voisin, une attention d'un collègue, ou encore le sourire de votre conjoint ou de vos enfants. Toutes les petites choses de la vie qui vous font du bien. Mais sachez aussi reconnaitre celles qui sont déjà source de bonheur bien établi dans votre vie, mais que vous ne voyez plus. Et remerciez l'univers pour toutes ces petites choses porteuses d'énergie positive. Si vous évoluez dans la gratitude, vous sentirez très rapidement un changement d'état intérieur.

Je combats la résistance

L'envie de remettre à plus tard est une excuse trouvée au dernier instant. C'est un manque de motivation et de courage, c'est la résistance qui vous guette. Cette dernière est nourrie par les peurs. Combattez-la en vous remémorant le « pourquoi » de votre engagement et vers quoi il vous mènera.

Je gère mes peurs

Vous pourriez ressentir une peur à aller de l'avant, la peur de perdre quelque chose, la peur de l'insécurité reliée à l'inconnu. C'est normal. Cette peur « irrationnelle » est très généralement une anticipation de ce qui n'arrivera jamais. Gérez-la en vous disant que cet engagement est sans danger. Vous êtes en sécurité et ce qui arrivera promet d'être bien mieux.

Si la peur intense ou l'anxiété apparaissent, respirez plusieurs fois profondément et donnez un signe à votre cerveau à l'aide d'un exercice physique, car la production de certaines hormones, comme le cortisol et l'adrénaline, stimule la réactivité corporelle pour agir face au danger. Si ces substances ne sont pas évacuées, elles se transformeront en stress chronique et toxique pour le corps et l'esprit (dans le cas présent, il s'agit d'un danger injustifié).

Je suis confiant

Si vous vous dites plusieurs fois à haute voix « je suis confiant », vous ressentirez une poussée d'énergie nouvelle et stimulante. Faites-le sans vous poser de questions durant une journée entière, et quoi qu'il arrive. Commencez à vous le dire au lever, face à votre miroir.

Je me maintiens dans le moment présent

C'est le meilleur moyen pour échapper à tout ce qui précède. La jouissance du moment présent empêche la manifestation des pensées incessantes et obsessionnelles, empêche les peurs et l'anxiété de monter en puissance et éloigne l'apparition du manque de confiance. Être dans le moment présent, c'est être conscient de la seconde qui se déroule sans penser à la suivante. Si vous déviez du moment présent, forcez-vous à y revenir. La seule chose qui existe réellement est l'instant. Le futur n'existe pas et le passé n'existe plus. Ce n'est que dans cet état libéré que l'intuition vous guidera vers les réponses que vous cherchez.

Si vous choisissez de gérer cette « voix intérieure maléfique », à un moment donné, vous constaterez qu'elle ne fonctionne plus comme à l'accoutumée. Petit à petit, le négatif disparaîtra.

Et lorsque vous décidez d'être dans la gratitude, vous constaterez combien les petits bonheurs quotidiens améliorent progressivement la perception de votre vie.

Une « bonne action » par jour

Ce livre est définitivement tourné vers vous et vous seul(e). Le cheminement qui vous est proposé est personnel. Il vous apportera la confiance en vous et vous confortera au fur et à mesure à l'idée que le changement n'est pas illusoire. Un autre exercice peut vous amener quelque chose de neuf, quelque chose de gratifiant qui vous comblera : l'action vers l'autre. Vous ne vous y êtes peut-être jamais intéressé, car votre situation est préoccupante et votre souffrance trop forte. Tout au long de ce travail, il vous sera proposé de vous tourner aussi vers l'extérieur et vers l'autre. Votre compassion est ici requise. Une compassion à la fois pour vous-même et pour l'autre. Vous vous rendrez compte à quel point une action sincère vers l'autre est source d'énergie positive.

Choisissez une action à appliquer quotidiennement. Cette liste n'est pas exhaustive et vous pouvez y ajouter d'autres actions auxquelles vous pensez :

- Saluer une personne dans la rue avec le sourire et de la bienveillance ;
- Remercier une personne pour sa gentillesse ;
- Aider une personne en difficulté, que ce soit une personne âgée, une personne dans la rue, un collègue en difficulté ou un ami qui en a besoin ;
- Faire un câlin à quelqu'un qui en a besoin ;
- Pardonner verbalement à quelqu'un pour une ancienne blessure ;
- Complimenter quelqu'un ;
- Écouter quelqu'un qui en manifeste le besoin ;
- Entreprendre une action de bénévolat ;

- Faire don d'un objet qui vous tient à cœur à quelqu'un à qui cela ferait plaisir ;
- Appeler un ami duquel vous vous êtes éloigné à cause d'une querelle ;
- Recontacter un parent avec lequel vous êtes en froid ;
- Donner de l'attention à une personne proche ;
- Vous excuser pour un comportement que vous vous reprochez ;
- Offrir un cadeau sincère à quelqu'un que vous aimez.

Lorsque vous décidez de votre bonne action journalière, vivez-la profondément, sentez en vous la motivation pour la réaliser. Elle doit venir de votre cœur et ne peut en aucun cas devenir une routine. Chaque action est unique, tant pour vous que pour la personne destinataire. Cette action sera alors inoubliable. Vous en redemanderez, vous verrez.

Générer une intention générale forte et des intentions quotidiennes

L'intention est un outil cérébral puissant. Elle génère une forte énergie qui amènera votre cerveau à dévier progressivement de ses automatismes. Pour générer une intention, il faut au préalable identifier ce que vous voulez.

Plus loin dans ce livre, vous aurez l'occasion de générer clairement votre intention générale, car elle est coordonnée avec votre motivation et vos besoins. Votre intention donnera un sens à ce travail sur vous-même et il est impératif qu'elle vienne de votre cœur.

Une intention générale forte pourrait être : « Je veux réaliser ce travail personnel à fond pour réaliser la vie que je mérite et accéder au bonheur ». Nommez et expliquez cette vie méritée. Déterminez-la le plus clairement possible.

De même, vous génèrerez une intention quotidienne, par exemple : « Aujourd'hui, je décide de consacrer 15 min à la méditation pour évacuer mon stress et être davantage disponible pour le travail à venir ».

Comment aller au bout du cheminement : motivation ?

Saint-Exupéry disait : « Quand tu veux construire un bateau, ne commence pas par rassembler du bois, couper des planches et distribuer du travail. Mais réveille en toi le désir de la mer, grande et belle ! »

Ce que vous devez réveiller en vous, c'est le désir d'une nouvelle vie ! Une perspective qui deviendra le moteur de votre engagement, de votre changement, et le carburant de VOTRE MOTIVATION ! Et cela commence par UN BESOIN.

L'enjeu de la motivation est ici celui de votre BONHEUR, mais pas uniquement. Il est également celui de votre réussite. Car bonheur rime non seulement avec paix intérieure, mais également avec réalisation, plaisir et succès. La motivation désigne les raisons et les motifs qui vous pousseront à AGIR pour accéder à tout cela.

Quels sont donc les besoins qui vous inciteront à agir ? Quel est le processus impliqué ? La recherche du plaisir par la satisfaction de vos besoins constituera le moteur de votre motivation. Ces besoins déclencheront une poussée d'énergie psychique jusqu'à l'obtention de leur satisfaction. La motivation correspond à la tension créée par cette poussée d'énergie psychique. La force de la motivation aide à combattre la résistance.

Voilà pourquoi je vous conseille de placer la barre haut ! Dès les besoins satisfaits, la motivation chute. Sachez-le. Les besoins doivent donc correspondre à qui vous êtes, plutôt qu'à simplement assouvir des envies et désirs furtifs.

Vous avez probablement déjà vécu une expérience où vous avez ressenti un besoin réveillant une puissante motivation. En même temps, vous aurez ressenti une puissante force d'énergie. Par exemple, partir en vacances. Pour y aller, vous êtes super excité(e), motivé(e), énergique pour les préparatifs. Et si vous y allez en voiture, même le long trajet devient un plaisir. Mais le chemin du retour est fatigant et ennuyeux, et si vous pouviez rentrer en avion, ce serait mieux. Cet exemple démontre que la chute de la motivation est rapide si le besoin est furtif, ici, le temps d'une période de vacances. Si le besoin qui vous anime est la curiosité et le besoin de découverte, même votre trajet du retour sera un plaisir, car vous allez trouver de quoi assouvir ce besoin : un détour pour visiter un beau village, une nuit supplémentaire dans un lieu unique, un déjeuner dans un restaurant typique, etc. Et le retour de vacances sera enchantant.

C'est pareil pour l'envie de mettre fin à sa souffrance émotionnelle et changer sa vie. Vous devez sentir cette pulsion énergique puissante d'avoir envie d'en finir avec la misère émotionnelle à vie à l'aide de la nouvelle perspective.

Identifier vos besoins est donc une étape importante pour construire votre nouvelle vie et y accéder. Cette étape sera abordée dans la troisième partie, mais vous pouvez déjà consulter la charte des besoins (voir annexe 3). Tout changement n'est possible qu'avec l'identification du ou des besoins qui produiront l'énergie nécessaire pour changer. Vous constaterez qu'identifier vos besoins selon votre personnalité réelle sera une source de satisfaction intarissable.

Comment se préparer pour ce travail ?

Décidez d'un horaire régulier : choisissez un temps minimum par jour, tous les jours, de préférence au même moment, afin de créer une routine de concentration. À vous de choisir une durée suffisante pour faire les exercices sans les bâcler. Ce qui compte surtout est l'attention que vous allez accorder à ce travail. Cette routine est un rituel qui préparera votre mental.

Tentez de vous isoler dans un endroit dans lequel vous vous sentez bien.

Avant de commencer les exercices, méditez (voir exercice p. 42) ou relaxez-vous quelques instants pour éliminer toute trace de stress. Autorisez-vous mentalement à être à l'écoute de votre cœur et acceptez vos émotions avec gratitude. Préparez-vous à apprécier le moment présent et à y rester. C'est une des clefs de la réussite de votre démarche. Un état d'esprit positif soutiendra vos efforts et surtout participera à l'obtention de véritables résultats.

Munissez-vous de votre livre et d'un carnet de notes, et soyez confiant.

Évoluer en pleine conscience

Respirez profondément et focalisez votre attention sur l'instant présent en arrêtant toute pensée. Répétez l'exercice si nécessaire jusqu'à l'obtention d'un état de sérénité intérieure. La capacité à focaliser son attention sur l'instant présent évite la dispersion des pensées et favorise le pouvoir de la concentration. Que se passe-t-il après avoir fait ce simple exercice ? Un retour au calme, à la force intérieure…

Si vous réalisez cet exercice durant un cyclone émotionnel, vous constaterez que celui-ci se dissipera rapidement et que le calme reviendra. Vous deviendrez comme un arbre dans la tempête : le tronc est solide, car bien ancré grâce à ses racines, alors que la cime se balance au gré du vent. La cime, ce sont vos pensées et vos émotions. La sécurité et la force de l'arbre, c'est le tronc. Pour aboutir à ce résultat et ne plus s'effondrer lors d'une crise mentale, la focalisation de l'esprit dans le moment est primordiale. Elle évite l'égarement.

Lors de la réalisation des travaux, vous êtes le tronc ancré grâce à ses racines invisibles.

Vous constaterez aussi que cet exercice vous libère et vous rend disponible à l'introspection. Délivré des pensées intrusives, l'esprit peut travailler sans encombrement, dénué d'idées préconçues, sans négativité ou subjectivité.

Comment utiliser le livre ?

Avant de suivre pas à pas le livre, prenez la peine de lire tout ce qui précède. Si vous êtes arrivé ici sans lire les pages précédentes, mieux vaut retourner en arrière.

Ensuite, suivez exactement le déroulement des exercices. Je vous recommande de n'en sauter aucun, car tout est organisé selon une progression indispensable à l'évolution intérieure.

Utilisez votre carnet de notes pour compléter le livre de travail et pour exprimer vos ressentis journaliers.

Commencer ce cheminement, c'est entamer une nouvelle phase de votre vie ! Chaque étape est un pas supplémentaire vers la destination finale. Brûler les étapes revient à se détourner inconsciemment de cette nouvelle destination. Si vous êtes dans ce cas, vous n'êtes peut-être pas prêt(e) !

Les protocoles

Vous recevrez trois protocoles de travail : un protocole après chaque partie de ce livre. Un protocole est une suite d'étapes à observer scrupuleusement afin de fixer durablement les actions du changement dans votre cerveau.

Comme expliqué plus haut, le cerveau est programmé depuis avant votre naissance, c'est-à-dire dès la synthétisation de votre système nerveux. Celui-ci contient des cellules nommées neurones qui ont la faculté de se développer par connexions à d'autres neurones. C'est le phénomène dit de « plasticité cérébrale ». En d'autres mots, vous pouvez modifier beaucoup de choses en vous : la manière dont vous pensez, dont vous envisagez le monde (votre réalité), dont vous vous comportez ou dont vous gérez vos émotions face à certains événements.

Le travail réalisé dans ce livre sera établi par ces protocoles qui, répétés quotidiennement, fixeront les changements à long terme.

Ces protocoles doivent devenir une routine journalière pour permettre à votre cerveau d'en tenir compte. Pour qu'une connexion neuronale se fixe, le travail doit être de préférence répété et continu.

Le support vidéo et la communauté pour vous soutenir dans votre cheminement

Des vidéos pour chaque exercice sont gracieusement mises à votre disposition pour vous aider dans votre cheminement.

Notre communauté vous accueille également pour y poser des questions et échanger avec d'autres membres, si vous le souhaitez.

Vous trouverez les informations et la procédure à suivre en fin de livre, dans l'annexe 7.

Que puis-je attendre comme résultats ?

La folie, selon Einstein, serait de faire la même chose encore et encore pour obtenir des résultats différents. Je vous mets au défi de faire autre chose pour obtenir des résultats différents. Les résultats seront fonction de votre faculté à travailler dans le moment présent ou, en d'autres mots, à être là, présent(e) et disponible pour vous.

Le premier résultat sera la prise de conscience de ce qui se manifeste dans votre vie, de le comprendre et d'accepter honnêtement de VOIR. Pourquoi j'en suis là ? Pourquoi j'agis et pense de cette manière ? Pourquoi mes émotions me ruinent-elles le mental ? Comprendre en observant consciemment sa vie ouvrira une porte vers « le changement de programme intérieur ».

Le deuxième résultat attendu sera de sentir en vous une nouvelle confiance, celle de la perspective de pouvoir choisir d'être vous-même et la prise de conscience qu'il existe autre chose pour vous.

Le troisième résultat sera de sentir à l'intérieur une nouvelle vibration, une nouvelle énergie qui vous propulsera en avant.

Le quatrième résultat sera la joie de prendre des décisions pour changer votre vie et les appliquer.

Le cinquième résultat sera l'acquisition de techniques pour calmer l'esprit et acquérir la sérénité à long terme.

Clefs fondamentales du changement

Changer implique non seulement l'acceptation, mais aussi le respect de certaines conditions :

- Être prêt(e) à prendre la décision de changer ;
- Être prêt(e) à changer ;
- Générer une intention forte et réaliste d'une nouvelle vie ;
- Être prêt(e) à accepter de devenir responsable de sa propre vie ;
- Être prêt(e) à quitter le connu pour l'inconnu et créer sa propre sécurité ;
- Avoir confiance, restez positif(ve) quoi qu'il arrive ;
- Être ouvert(e) à ce qui va se manifester ;
- Accepter de s'ouvrir à Soi, à son intuition et à son cœur avec authenticité ;
- S'ouvrir à la gratitude.

Si tout ceci est acceptable pour vous, vous êtes sur le bon chemin.

Je m'engage et je fixe ma routine

Tout d'abord, engagez-vous !

Je m'engage vis-à-vis de moi-même

Date :

Je commence mon cheminement le .... et je m'engage à réaliser tous les exercices du livre avec cœur à l'aide d'une intention forte de changement et à suivre tous les protocoles jusqu'au bout.

Note personnelle :

Nom :

Prénom :

Signature :

Ma routine : décrivez ci-dessous la routine que vous allez mettre en place pour réaliser votre transformation, comme le timing, l'endroit et l'ambiance (une musique calme, un cadre inspirant...). Fixez des repères, des indices pour votre mise en route, par exemple : placer le livre bien en vue pour déclencher la routine.

....

....

....

....

....
....
....
....
....

Commençons…

Je formule clairement mon intention générale ici :

....
....

La méditation et la pleine conscience

Chaque jour de travail va participer à construire votre bien-être.

Un fonctionnement plus rationnel vous aidera à comprendre un certain nombre de rouages intérieurs. Cela ne peut aller sans un travail d'introspection. La technique la plus puissante est de se sentir vivre dans l'instant, de seconde en seconde, et de retrouver le calme afin de vous rendre disponible rationnellement et émotionnellement pour ce cheminement.

La « pleine conscience » nous remet en contact avec ce qui se passe dans le moment présent dans notre corps, nos pensées, nos sensations et nos perceptions immédiates. Nous devenons une trilogie corps/esprit/conscience concentrée sur l'instant. La pleine conscience se pratique tout au long de la journée, dès le réveil jusqu'au coucher.

Pratiquée régulièrement, cette technique permet d'éradiquer les projections des peurs, des angoisses dans le futur, apaise la colère, évacue le mal-être et le stress, et aide à surmonter les difficultés rencontrées au quotidien.

À la longue, vous ressentirez un état prolongé de détente et une certaine compréhension des choses. Votre faculté de concentration s'aiguisera. Cet état vous aidera à traverser les étapes de votre cheminement.

Les exercices quotidiens

La respiration

Respirer est l'action la plus vitale pour l'homme. En avez-vous conscience ? Le simple fait d'arrêter de respirer et d'en prendre conscience permet de constater à quel point il est « bon » de vivre. C'est un pas immense vers la reconnaissance de l'opportunité qu'est la vie terrestre.

La première étape est donc de conscientiser votre respiration dans l'instant : l'inspiration et l'expiration. Inspirez... expirez... Inspirez... expirez... Sentez votre rythme. Vivez-le !

En respirant, nous lâchons prise du passé et nous ressentons la vie en nous. Mais surtout, nous lâchons nos peurs. Nous réunissons le corps, l'esprit et la conscience. Inspirez et expirez lentement, avec ouverture et appréciation. Ouvrez-vous à la vie.

Les actions de la vie quotidienne en pleine conscience

Lorsque nous nous focalisons sur le moment, les énergies vitales se manifestent. Ces énergies sont la concentration et la force intérieure. Elles facilitent la compréhension et l'éveil à la vie. Cet éveil nous donne la force de contrer les difficultés qui surgissent dans notre quotidien.

Chaque geste peut être accompli en conscience : se lever, se doucher, préparer le petit déjeuner, manger, se brosser les dents, marcher, travailler, se coucher, etc. Marchez, par exemple, en pleine conscience dans la rue. Toute circonstance est bonne pour pratiquer la pleine conscience. Chaque pas effectué en conscience à travers le relâchement de la tension est un pas vers la sérénité intérieure et l'apaisement.

Les actions réalisées en pleine conscience nous rapprochent de qui nous sommes et révèlent notre capacité à générer une énergie nouvelle pour affronter les troubles intérieurs, les débordements émotionnels ou encore les tensions. Mais surtout, elles éveillent le bien-être !

Routine de la pleine conscience

Au réveil :

- Le sourire du matin : j'accueille une nouvelle journée avec le sourire et de la gratitude.
- Ma vie est un don de l'univers.
- Cette nouvelle journée est une promesse de joie.
- Je pose un regard aimant sur cette nouvelle journée de ma vie.

La salle de bain :

- Je sens l'eau des profondeurs de la terre couler sur mon corps.
- Je suis heureux(se) de disposer de l'eau courante.
- Je me regarde dans le miroir et je vois une personne heureuse de disposer de tant de facilités.
- Je me regarde dans le miroir et je vois une personne talentueuse, pleine de ressources, que je reconnais.
- En me brossant les dents, je pense aux mots et paroles que je prononce tous les jours. Sont-ils sains, sans jugement ?

Les repas :

- Je suis pleinement présent(e) et reconnaissant(e) du don de la nourriture.
- Je pense à l'origine de la nourriture, aux animaux qui m'offrent leur vie, aux champs qui m'offrent leurs cultures,

aux potagers qui m'offrent leurs légumes, à cette planète qui m'offre la vie, et à cette époque qui m'offre la facilité. Je pense aux époques antérieures où l'homme devait chercher sa nourriture en chassant, en cueillant, en bravant mille dangers.

- Je pense à cette nourriture qui me permet de vivre en bonne santé.
- Je suis le cheminement de la nourriture dans mon corps et je prends conscience de l'énergie qu'elle procure à mes organes.

Le travail :

- Sourire.
- Découvrir le sourire de l'autre qui me sourit.
- Chaque tâche devient un plaisir si l'image est agrandie : le résultat de ce que je fais participe à quelque chose…
- Dans le moment présent, je me concentre.
- Je chasse les idées perturbantes et je reviens au moment présent.
- Chaque tâche me « prépare » à quelque chose et me demande dès lors toute l'attention requise.

Le coucher :

- J'apprécie ce lit douillet disponible pour moi.
- Je remercie la vie de ce qu'elle m'a permis de vivre aujourd'hui.
- Je remercie l'univers d'exister.

En vivant en pleine conscience, je réalise que ma vie est un don ! En pratiquant la pleine conscience, je chasse le passé, le futur, les peurs, les angoisses, les soucis, la souffrance, la colère, et j'ouvre la porte au bonheur grâce à l'appréciation de l'instant.

La méditation

La méditation consiste simplement à entraîner notre état d'être afin que notre esprit et notre corps puissent se synchroniser. Grâce à la pratique de la méditation, nous pouvons apprendre à être sans tromperie, à être pleinement authentique et vivant.

CHÖGYAM TRUNGPA RINPOCHE

Le principe de la nouveauté est très important pour tout effort visant à établir une société éclairée. Vous vous demandez peut-être quelle est la meilleure approche pour vous aider vous et la société, et comment vous pouvez savoir que ce que vous faites est authentique et bon. La seule réponse est la clarté. La façon de se détendre ou de reposer l'esprit dans la nature passe par la pratique de la méditation. En méditation, vous adoptez une approche impartiale. Vous laissez les choses être telles qu'elles sont, sans jugement, et vous apprenez ainsi à être vous-même.

CHÖGYAM TRUNGPA RINPOCHE

La méditation est un moyen pour vous rapprocher de vous-même de manière intègre, sans artifice ou jugement, et d'éloigner votre esprit trop sauvage, qui souvent défigure la réalité. De même, elle permet d'approcher ce qui vous environne et vous dépasse : l'univers.

La méditation est à la fois curative pour l'esprit et le corps, en renforçant l'énergie, tout en clarifiant l'esprit. En vous connectant à l'univers, elle vous ouvre à la compréhension de la vie et vous offre l'accès à la conscience universelle.

Exercices de méditation pour vous préparer aux travaux de ce livre

Avant de vous proposer quelques types de méditations, parlons de l'espace dédié à cette pratique. Créer un rituel s'impose, afin de permettre à votre mental de se préparer. Les rituels sont indispensables pour fixer des repères.

Préparez un petit espace et placez-y un zafu (coussin de méditation) ou un simple coussin confortable.

Si vous le souhaitez, placez un petit autel avec une bougie et l'un ou l'autre objet qui vous inspire la tranquillité d'esprit ou qui comporte une signification essentielle pour vous. De l'encens peut être brûlé si vous le désirez.

1. Premier exercice : chassez les pensées intrusives

Préparez l'espace de méditation. Commencez par une respiration profonde et répétez-la deux fois.

Ensuite, focalisez-vous sur le mouvement de la respiration et respirez en même temps par votre abdomen (diaphragme) et votre poitrine de manière régulière. Suivez mentalement le mouvement de votre respiration. Si une pensée sauvage apparaît, observez-la apparaître puis disparaître sans vous impliquer.

2. Deuxième exercice : chasser les pensées négatives

À pratiquer si vos pensées négatives sont dévastatrices.

Préparez l'espace de méditation. Commencez par une respiration profonde et répétez-la deux fois.

Ensuite, focalisez-vous sur le mouvement de la respiration et respirez par votre abdomen (diaphragme) et votre poitrine de manière régulière. Comptez mentalement les respirations : inspiration et expiration = 1, et ainsi de suite. Comptez jusqu'à 10. Si une pensée sauvage apparaît, recommencez le comptage à 1.

Lorsque vous pourrez compter 10 respirations complètes sans qu'une seule pensée ne vienne perturber votre comptage, vous constaterez que vous pourrez maîtriser vos pensées à n'importe quel moment de la journée. Il suffira de commencer à compter vos respirations, et les pensées disparaîtront.

Si vous n'atteignez pas 10 la première fois, c'est normal. Répétez cet exercice chaque jour jusqu'à ce que vous arriviez à compter jusqu'à 10 sans pensées intrusives. Il peut s'effectuer en position assise à n'importe quel moment de la journée.

3. Troisième exercice : le sourire intérieur

Préparez l'espace de méditation. Commencez par une respiration profonde et répétez-la deux fois.

Ensuite, focalisez-vous sur le mouvement de la respiration et respirez conjointement par votre abdomen (diaphragme) et votre poitrine de manière régulière. Souriez consciemment et sentez les effets du sourire sur votre visage. Sentez cette fraîcheur vous envahir.

En dessous du nombril, à deux largeurs de pouce, se trouve le « Dan Tien ». C'est un point d'énergie vitale. Tout en souriant, concentrez-vous sur ce point et envoyez-y votre sourire. Envoyez-lui des ondes positives.

Cette technique est aussi très efficace en cas d'apparition d'émotions fortes. Au moment où elles surgissent, asseyez-vous et fermez les yeux. Souriez et envoyez cette onde positive à votre Dan Tien durant quelques minutes.

Les trois parties du défi

- **Jours 1 à 10** : cette partie vous est complètement dédiée, à vous et vous seul !
- **Jours 11 à 20** : cette partie concerne l'analyse de votre environnement, les rôles que vous y tenez.
- **Jours 21 à 30** : cette partie concerne votre nouvelle vie.

PARTIE 1

JOURS 1 À 10

Moi et moi seul

Quand vous vous regardez dans
un miroir, qui voyez-vous ? Est-ce vous
ou l'ombre de votre histoire ?

Dominique Van Acker

Changer : pourquoi et comment ?

Pourquoi changer ? La question est légitime. Si vous estimez être heureux(se) dans ce que vous vivez, changer n'a aucune raison d'être. Mais si vous avez décidé d'acheter ce livre, c'est que quelque chose ne va pas dans votre vie.

La souffrance est calculable. Cela se nomme la « consonance » : tant que vous trouvez le moyen de maintenir l'équilibre entre la souffrance émotionnelle et l'acceptation et la justification de cette souffrance par votre mental, vous tiendrez le coup.

En revanche, si la souffrance devient ingérable et source d'inconfort constant, vous en viendrez à vous imposer un changement, quel qu'il soit. Cela peut se traduire par un divorce, un changement de travail, un compromis relationnel ou affectif, un compromis financier, etc. Mais est-ce un réel changement pour autant ? NON !

Le changement implique une évolution, une prise de conscience profonde, et non pas une action physique ou matérielle qui ne fera que postposer la souffrance. Comprendre l'origine de la souffrance qui vous ronge et la relation de cause à effet entre ce que vous avez vécu, ce que vous vivez et ce que vous ressentez vous permettra d'aborder le changement avec consistance. Vous trouverez spontanément les raisons qui justifieront ce besoin de changer. *A contrario*, si vous ne comprenez pas votre souffrance intérieure, vous serez amené(e) à la revivre, même si un changement illusoire a été effectué.

Comment changer ?

C'est le propos de ce livre. Des moyens et des techniques existent pour accompagner et construire le changement afin de ne pas répéter indéfiniment les mêmes schémas, source de souffrance.

Le présent livre est conçu pour vous faire évoluer progressivement, vous éveiller et vous aider à prendre conscience que ce que vous vivez n'est pas ce que vous devez vivre et se trouve vraisemblablement très éloigné de ce que vous méritez.

Il vous apprendra comment vivre dans l'instant et y puiser l'énergie habituellement anéantie par les pensées ravageuses, les peurs ou les ressassements.

Bilan

Mon intention du jour :

....

....

La victoire que je veux remporter ce jour :

....

....

Bonne action du jour 1

Aujourd'hui, ma bonne action est :

....

Réalisée ? Oui/non

Si non, pourquoi ?

....

Si oui, résultats ?

....

Le mot de l'auteure

J'adore la vie pour ce qu'elle me permet, mais aussi pour ce qu'elle m'a appris. Mon histoire a été le chemin pour y arriver.

Le but n'est pas de renier votre histoire, mais de la comprendre. Elle a permis d'être qui vous êtes aujourd'hui, même si vous n'êtes pas encore à 100 % celui que vous désirez être. Regardez votre vie avec attention, avec cœur, et vous y trouverez des aspects forts, même si vous vous sentez démuni(e) aujourd'hui. Ce sont ces aspects forts qui, révélés, vous guideront vers la liberté.

Le conseil de l'auteure

Positiver est une manière d'influencer sa propre vie. Cherchez une version positive de ce qui vous arrive et tirez-en le bénéfice.

Bilan

Pourquoi commencer par un bilan personnel ?

Commencer par le bilan de sa propre vie est une incitation à l'observation de soi. Avez-vous déjà pris le temps de vous arrêter pour comprendre ce qui vous rend heureux ou malheureux ? Il s'agit de l'étape incontournable pour ouvrir la porte de son propre développement.

Tout ce que vous avez entendu, vu, pensé et expérimenté comme souffrances, frustrations, peurs et bonheurs jusqu'à ce jour se trouvent enfouis dans les profondeurs de votre inconscient. Cette armature inconsciente et complexe gère votre fonctionnement physique, psychologique et mental au quotidien. Toutes vos décisions, actions, pensées et émotions, et tous vos comportements vont puiser leur origine dans cet inconscient. Et ce que vous expérimentez, voyez et entendez maintenant peut réactiver cette mémoire à tout moment et vous faire revivre les émotions des expériences passées.

Les exercices du jour 1 sont le premier pas vers cet inconscient et vers vous-même. Ils impliquent la démarche de regarder à l'intérieur de soi. Ils impliquent également que vous soyez prêt(e) à le faire sans peur. Le courage est essentiel, car à n'importe quel moment de ce travail, des émotions fortes, témoins des événements du passé, peuvent resurgir, et vous aurez à les affronter.

Ce ne sont pas les autres qui vous entourent qui sont responsables de ce que vous ressentez ou vivez, mais votre programme logé à l'intérieur de votre cerveau, modelé afin de maintenir et assurer le continuum de ce que vous êtes, même si ce n'est pas vous ! Débusquer ce qu'il contient vous ouvrira la porte vers votre véritable VOUS et vers une nouvelle perspective, vers une identification et compréhension de ce que contiennent les archives stockées dans votre inconscient. Votre cerveau est modelé afin de maintenir et assurer votre confort et votre sécurité. Vos souffrances, vos soucis, vos peurs et vos frustrations, tout cela est archivé dans cette mémoire. Le temps est venu de comprendre ce contenu.

Deviens qui tu es quand tu l'auras appris.

PINDAR

Exercices

A. Bilan personnel

Placez les domaines de vie par ordre croissant d'importance de 1 à 10, du plus important (1) au moins important pour vous (10) **actuellement** :

- Amour de Soi ;
- Matériel ;
- État émotionnel ;
- Relationnel ;
- Affectif ;

- Impact environnement(s) ;
- Plaisir/satisfaction ;
- Degré de bien-être intérieur ;
- Ma spontanéité/mon émerveillement/ma curiosité ;
- Degré de liberté.

Expliquez ce classement et recherchez-en les raisons profondes :

....

....

....

....

....

....

Notez de 1 à 10 chaque aspect selon votre niveau actuel de bien-être et expliquez pourquoi vous vous êtes attribué ces cotes :

Amour de Soi :

....

....

Matériel :

....

....

État émotionnel :

....

....

Relationnel :

....

....

Affectif :

....

....

Impact environnement(s) :

....

....

Plaisir/satisfaction :

....

....

Degré de bien-être général intérieur :

....

....

Ma spontanéité/mon émerveillement/ma curiosité :

....

....

Degré de liberté :

....

....

B. Tout évolue...

Écrivez ci-dessous les objectifs de changement que vous souhaitez établir pour votre vie, dans quel domaine et pourquoi (reportez-vous à votre bilan). Expliquez.

Objectif 1 :

....

....

Objectif 2 :

....

....

Objectif 3 :

....

....

C. Les conséquences positives et négatives de mes objectifs de changement

Objectif 1

Conséquences positives

Si je l'atteins : ....

Si je ne l'atteins pas : ....

Conséquences négatives

Si je l'atteins : ....

Si je ne l'atteins pas : ....

Objectif 2

Conséquences positives

Si je l'atteins : ....

Si je ne l'atteins pas : ....

Conséquences négatives

Si je l'atteins : ....

Si je ne l'atteins pas : ....

Objectif 3

Conséquences positives

Si je l'atteins : ....

Si je ne l'atteins pas : ....

Conséquences négatives

Si je l'atteins : ....

Si je ne l'atteins pas : ....

Action du jour 1

Je choisis une action dans la liste ci-dessous et je la mets en pratique durant ma journée :

- ❑ Je contrôle ma « voix intérieure néfaste ».
- ❑ Je suis dans la gratitude.
- ❑ Je combats la résistance.
- ❑ Je gère mes peurs.
- ❑ Je suis confiant.
- ❑ Je reste dans le moment présent.

Pourquoi ai-je choisi cette action et comment est-elle vécue aujourd'hui ?

Évaluation quotidienne

Avant d'entrer plus profondément dans le travail, évaluez-vous. Par la suite, suivez votre progression. Cette mesure se répétera chaque jour.

Évaluez-vous de 1 à 10 sur les aspects suivants et expliquez votre choix :

Votre mental :

....

Vos émotions :

....

L'état de vos pensées :

....

Vos peurs :

....

Votre bien-être général/progression

....

Jour 2

« Storytelling » thérapeutique : mon histoire

Mon intention du jour :

....

....

La victoire que je veux remporter ce jour :

....

....

Bonne action du jour 2

Aujourd'hui, ma bonne action est :

....

Réalisée ? Oui/non

Si non, pourquoi ?

Si oui, résultats ?

Le mot de l'auteure

Se chercher, c'est tenter de se voir. Pour se voir, il est nécessaire de faire un effort d'observation. Et s'observer, c'est faire un arrêt sur image : je m'arrête là, tout de suite, sur ce moment précis, et je tente de le décoder.

Cette technique aide à capter les effets immédiats d'une situation, qu'elle soit un débordement émotionnel, un comportement inadapté ou une pensée ravageuse, et à les comprendre en en recherchant le déclencheur qui vous en dévoilera la cause.

L'observation de soi est la base de ce travail.

Le conseil de l'auteure

Lorsque vous ressentez quelque chose de désagréable en vous, arrêtez-vous au moment où cela se passe, respirez profondément. Observez et décodez ce qui est arrivé, comment ce moment est apparu, avec qui, où et pourquoi. Trouvez le déclencheur !

Exercices

A. Le « storytelling[1] » thérapeutique : mon « histoire »

Votre histoire est l'unique source d'indices pour comprendre la personne que vous êtes aujourd'hui et justifier ce que vous pensez et ce que vous faites. Il est donc impératif d'en prendre conscience, et la meilleure technique pour y arriver est de l'écrire.

Écrivez VOTRE HISTOIRE BRUTE sans aménagements. Notez les événements marquants qui vous reviennent en mémoire, positifs et négatifs, les bons souvenirs comme les moins bons, les phrases assassines ou les mots qui manquaient, les mots blessants et les mots d'amour, vos comportements d'enfant en réponse aux mots, les traumatismes, etc. TOUT. Évitez d'écrire un roman, attardez-vous plutôt sur des événements clefs.

1. *Storytelling* : raconter des histoires.

Notez vos émotions, vos actions, vos croyances acquises, l'impact des actions des autres, leurs paroles dans certaines circonstances, leurs intentions et tout ce qui a influencé votre vie jusqu'à aujourd'hui. Vous aurez compris que si vous êtes malheureux(se), l'origine de cet état se trouve dans votre histoire. Pour raconter ces événements, vous pouvez compléter l'écriture par le dessin.

Ensuite, à l'aide de différentes couleurs, repérez tous les événements qui vous interpellent : les événements positifs (une couleur), les événements douloureux (une autre couleur, etc.), les événements traumatisants, vos talents, les phrases assassines, les croyances familiales et toute autre donnée que vous estimez importante.

B. Classez-les dans un tableau

Le tableau sera composé de trois colonnes par élément répertorié. Par exemple, les événements douloureux. Travaillez dans votre carnet de notes. Dans la première colonne, vous notez l'événement en question, dans la deuxième, l'implication de cet événement dans votre vie actuelle, et dans la troisième, ce que vous auriez aimé vivre à la place de l'événement passé et ce que cela aurait changé pour vous aujourd'hui. Si l'événement est positif, pour la troisième colonne, notez ce que vous ressentez comme effets bénéfiques.

Cet exercice est le premier pas vers la prise de conscience de tous les aspects de votre histoire ayant participé à vous construire tel que vous êtes aujourd'hui. Si d'autres événements vous reviennent en mémoire les jours suivants, ajoutez-les dans le tableau.

Cette étape est cruciale pour deux raisons : la première est que cela vous permet de vous dissocier de vous-même.

Vous penserez à votre histoire comme si vous dérouliez un film dans votre tête. Cette action est bénéfique non seulement pour prendre un certain recul, mais surtout pour découvrir des choses surprenantes, des souvenirs oubliés ou enfuis.

Deuxièmement, si le fait de l'écrire vous permet de prendre de la distance vis-à-vis de vous-même et de ce que vous écrivez, cela permet également de comprendre certaines choses comme une évidence. Là où l'obscurité dominait, la lumière peut enfin jaillir !

Surtout, ne résistez pas. Restez accueillant(e) à ce qui se manifeste, et si la résistance est plus forte, gérez cette « voix intérieure néfaste » en lui disant que c'est une étape importante pour vous et que vous ne plierez pas à son autorité. Vous ne l'écouterez plus. Soyez au contrôle de votre mental.

Action du jour 2

Je choisis une action dans la liste ci-dessous et je la mets en pratique durant ma journée :

- ❑ Je contrôle ma « voix intérieure néfaste ».
- ❑ Je suis dans la gratitude.
- ❑ Je combats la résistance.
- ❑ Je gère mes peurs.
- ❑ Je suis confiant.
- ❑ Je reste dans le moment présent.

Pourquoi ai-je choisi cette action et comment est-elle vécue aujourd'hui ?

Évaluation quotidienne

Évaluez-vous de 1 à 10 sur les aspects suivants et expliquez vos choix de cotes :

Votre mental :

....

Vos émotions :

....

L'état de vos pensées :

....

Vos peurs :

....

Votre bien-être général/progression :

....

Jour 3

Implications de mon histoire

Mon intention du jour :

....

....

La victoire que je veux remporter ce jour :

....

....

Bonne action du jour 3

Aujourd'hui, ma bonne action est :

....

Réalisée ? Oui/non
Si non, pourquoi ?
Si oui, résultats ?

Le mot de l'auteure

Dans notre cerveau, toute l'information circule à travers des routes créées entre les neurones. Les molécules chimiques (la dopamine, la noradrénaline, la sérotonine, l'adrénaline, toutes appelées « neurotransmetteurs ») libérées lors de l'arrivée d'un message électrique s'attachent à de nouveaux récepteurs de la membrane de la cellule suivante, et ainsi de suite. Chacune de ces molécules chimiques joue un rôle bien spécifique et fondamental.

Le bon équilibre de la chimie de notre cerveau est nécessaire pour assurer un fonctionnement optimal. La dérégulation chimique du cerveau nous prédispose à des états d'esprit déterminés. La dépression en fait partie, par exemple.

C'est un processus fascinant et complexe dans lequel un quelconque déséquilibre, un quelconque changement au sein des neurotransmetteurs peut nous faire éprouver la plus grande motivation. Mais aussi la tristesse la plus désespérante, ou encore une joie rayonnante.

DR MCKAY

La chimie du cerveau détermine notre état émotionnel. S'il se trouve en déséquilibre, il changera nos réponses face aux circonstances de l'environnement.

Le conseil de l'auteure

Comment maintenir la santé de la chimie de notre cerveau ?

- Respecter une alimentation variée, énergétique et vitaminique ;
- Jouir de loisirs ;
- Rester curieux(se) ;
- Pratiquer un sport, même de simples balades dans la nature ;
- Pratiquer de nouvelles activités ou apprentissages ;
- Entretenir une vie sociale ;
- Veiller à un sommeil bienfaisant.

Implication de mon histoire dans...

- ... qui je suis aujourd'hui ;
- ... ce que je fais ;
- ... ce que je pense ;
- ... la manifestation de certaines émotions.

Il existe un lien fort entre votre histoire et qui vous êtes, ce que vous vivez, ce que vous pensez et l'état de vos émotions aujourd'hui. Mais qu'est-ce qui, dans votre histoire, vous retient d'être vous-même et d'être heureux ? Comment votre histoire peut-elle intégralement contrôler qui vous êtes aujourd'hui ?

Vous avez été formaté(e) par votre histoire. Vous avez été façonné par votre environnement général et les personnes qui en faisaient partie à l'époque. Vous êtes le résultat d'un programme construit progressivement par cet environnement depuis votre gestation. Il contient les informations utiles à votre fonctionnement quotidien, c'est-à-dire à ce que vous pensez et faites, vos ressentis, vos émotions et réactions en toute circonstance. Certains déclencheurs éveillent des réactions ou comportements automatiques contenus dans votre inconscient. L'inconscient est une forme de mémoire vitale, mais inerte. Elle se complète de la mémoire consciente, vive, qui bouge. Votre cerveau y loge tout ce qui est acquis selon lui et qu'on appelle les « automatismes » ou le « pilote automatique ». Elle contient non seulement les comportements fonctionnels devenus inconscients, des tâches répétitives du quotidien, mais également des comportements ou réponses d'ordre psychologique et émotionnel fixes, qui trouvent leurs origines dans votre passé. Il s'agit d'un grenier du cerveau.

Des situations particulières dont la trame est répertoriée dans votre mémoire inconsciente vont déclencher une série de réactions automatiques qui provoqueront à leur tour des réactions programmées (pensées, émotions, comportements et réactions physiques). Le cerveau, qui ne fonctionne qu'avec les programmes qu'il connaît, associera toute nouvelle situation au contenu de cette mémoire, même si ce n'est pas tout à fait identique. De cette manière, il provoquera des réactions programmées en mode automatique et donc parfois inadéquates. Par exemple, nous nous mettons en colère de manière systématique pour un même « type » de situation, sans même savoir pourquoi. C'est plus fort que nous. Quelque chose d'inconscient déclenche cette colère.

Dans l'exercice de ce jour, vous identifierez un de vos schémas psychologiques automatiques et vous le mettrez en rapport avec un aspect de votre histoire (voir tableau de l'exercice C, jour 2). Bien évidemment, il s'agit de tenter de démasquer un aspect qui est à la source de votre mal-être actuel.

Vous détecterez soit une pensée négative récurrente, soit un comportement inadapté, soit une émotion forte et impulsive, soit une réaction physique dans une situation ou une circonstance particulière. Vous constaterez que tous ces aspects sont interconnectés et qu'ils fonctionnent en cercle fermé. Il est donc logiquement impossible, sans prise de conscience, de sortir de ce fonctionnement automatique.

Exercices

A. Analyse de mon problème actuel

(Reportez-vous au tableau que vous avez créé dans l'exercice C du jour 2.)

Exemple

- **Comportement (déclencheur)** : je bloque complètement, je paralyse et je me renferme.
- **Situation** : quand je me trouve dans un groupe de gens.
- **Pensée(s)** : je suis incapable de m'exprimer comme eux.
- **Émotion(s)** : je ressens de la gêne, de la honte et même de la peur.
- **Réaction(s) physique(s)** : j'ai la boule au ventre, je stresse.

Origine dans son histoire

Dans notre exemple, la personne est issue d'une famille d'immigrés du milieu ouvrier. Tout au long de sa scolarité, les autres enfants se moquaient de son origine et de sa condition sociale. Dès lors, aujourd'hui, son programme contient une honte qui s'est transformée en blocage. Elle est enfermée dans cette condition. Le message inconscient que le cerveau lui envoie est que le monde intellectuel est inaccessible pour elle. Dès qu'elle est en présence de gens « plus éduqués » (études), elle bloque et ressent de la honte. Elle s'identifie aux moqueries des enfants de sa jeunesse.

Choisissez de travailler sur **une situation qui s'est transformée en un réel blocage dans votre vie actuelle et qui vous empêche d'évoluer.**

Cet exercice peut être répété après si vous sentez que plusieurs problèmes cohabitent. Travaillez dans votre cahier de notes.

Commencez avec des situations très actuelles et qui sont une source de souffrance émotionnelle. Les comportements qui en découlent font partie de votre vécu et ont contribué à développer votre personnalité actuelle.

Environnement/situation/événement :

....

Réaction(s) physique(s) :

....

Émotion(s) :

....

Comportement(s) :

....

Pensée(s) :

....

Chaque aspect peut être un déclencheur.

B. Cherchez dans votre histoire l'origine de votre situation de blocage

(Comme dans l'exemple proposé.)
Identifiez l'origine de cette situation dans votre histoire.
Environnement/situation/événement :

....

Réaction(s) physique(s) :

....

Émotion(s) :

....

Comportement(s) :

....

Pensée(s) :

....

Action du jour 3

Je choisis une action dans la liste ci-dessous et je la mets en pratique durant ma journée :

❑ Je contrôle ma « voix intérieure néfaste ».

❑ Je suis dans la gratitude.

❑ Je combats la résistance.

❑ Je gère mes peurs.

❑ Je suis confiant.

❑ Je reste dans le moment présent.

Pourquoi ai-je choisi cette action et comment est-elle vécue aujourd'hui ?

Évaluation quotidienne

Évaluez-vous de 1 à 10 sur les aspects suivants et expliquez vos choix de cotes :

Votre mental :

....

Vos émotions :

....

L'état de vos pensées :

....

Vos peurs :

....

Votre bien-être général/progression :

....

Jour 4

Qui suis-je intuitivement ?

Mon intention du jour :

....

....

La victoire que je veux remporter ce jour :

....

....

Bonne action du jour 4
Aujourd'hui, ma bonne action est :

....

Réalisée ? Oui/non
Si non, pourquoi ?
Si oui, résultats ?

Le mot de l'auteure

Ayant dû faire face à l'adversité durant ma petite enfance, je me suis rapprochée de moi, créant une sorte de fusion avec moi-même. Quelle aubaine ! Je n'avais guère d'autre choix que de me faire confiance et trouver en moi le refuge indispensable. Grâce à ce vécu, je me connais. Et surtout, je suis MOI !

D'autres ont été éloignés d'eux-mêmes du fait de leur histoire. Le travail d'apprendre à se connaître dégagera la route de ses embuches et de ses obstacles.

Le conseil de l'auteure

Pour apprendre à se connaître, regardez déjà les personnes autour de vous. Sont-elles elles-mêmes ? Faites ce petit exercice tous les jours : identifiez si les personnes proches de vous, celles à qui vous vous adressez ou que vous rencontrez quotidiennement, sont réellement elles-mêmes, ou si vous avez affaire à des personnalités de substitution. Alors, demandez-vous pourquoi elles sont proches. Si elles ne sont pas elles-mêmes, peut-être que vous ne l'êtes pas non plus.

Ensuite, apprenez à écouter et aimer ce qu'il y a en vous, apprenez à authentifier ce que votre véritable petite voix intérieure vous chuchote. Passez du temps seul(e) avec vous-même.

Qui suis-je intuitivement ?

Du fait que nous sommes formaté(e)s, nous nous éloignons de nous-mêmes. Nous avons au minimum deux personnalités : la personnalité profonde et la personnalité superficielle. Si la connexion est assurée entre ces deux personnalités, la personne est équilibrée. La personnalité superficielle n'aura pas anéanti la personnalité profonde. Elles sont interconnectées et fonctionnent en harmonie.

En revanche, si la personnalité superficielle est puissante au point de submerger complètement la personnalité profonde, la personne ne sera plus en harmonie avec elle-même, et tôt ou tard, cette personnalité superficielle éclatera, car elle deviendra trop compliquée à gérer.

La personnalité superficielle est une personnalité d'appoint ou d'adaptation. Elle est aussi une forme de protection contre les dangers externes. Elle trouve son origine dans l'ajustement des comportements de l'enfant à son environnement, celui-ci pouvant être compliqué ou même hostile. Très jeune, l'enfant comprend que pour être aimé, certains comportements spontanés sont inadaptés face à des parents toujours plus exigeants et/ou perturbés. Si l'enfant fait quelque chose qui déplait à un parent, il devra changer son comportement afin d'attirer plus d'amour plutôt que des réprimandes, ou dans les pires cas, de la violence. Il développera dès lors des comportements stratégiques afin de correspondre aux exigences « d'amour ». Il sera obligé de s'y conformer pour maintenir sa sécurité. Le besoin de sécurité est un instinct.

Certains comportements sont « normaux » et font partie de l'apprentissage et de l'adaptation normale à l'environnement. D'autres, en revanche, vont être développés par l'enfant (par exemple : le mensonge ou rabrouer sa propre spontanéité en jouant un rôle) afin d'éviter le pire : les réprimandes constantes, la violence, les abus, le chantage, les rejets constants et les humiliations. Si les situations perdurent, l'enfant continuera à répéter ces mêmes comportements afin d'échapper à l'insécurité et au stress qu'il ressent.

Lorsqu'à travers les comportements fabriqués, la personnalité se voit complètement reconstruite, celle-ci deviendra la personnalité principale, et par besoin de sécurité, la personne ne fonctionnera plus qu'à travers elle.

Exemple

Si un enfant subit des humiliations constantes, il finira par adopter un comportement de résignation, car il sait que cette résignation calmera le jeu et pourra même se conclure par une brève manifestation d'amour de la part des parents.

Donc, si l'enfant se fait insulter, mais que ces insultes le maintiennent en sécurité, il les acceptera sans rechigner, même si cela le blesse profondément. C'est le même processus dans les abus. Non seulement le parent humilie (souvent de manière inconsciente), mais en plus, il se sent bien, car l'enfant accepte l'humiliation. Le parent (ou toute autre personne) qui se sent fort redonnera des signes d'amour à l'enfant avant de recommencer. Le résultat est terrible : l'humiliation deviendra une forme d'amour pour l'enfant, et devenu adulte, il cherchera inconsciemment à recréer cet environnement, faute d'avoir connu autre chose.

La personnalité superficielle sera celle d'un individu humilié en permanence. Inconsciemment, il continuera toute sa vie à attirer des situations personnelles et professionnelles humiliantes qui, pour lui, seront normales. Cela le rassure. Mais, intérieurement, il souffre et ne comprend pas pourquoi. Cette personne humiliée subira l'amoindrissement des autres. Dans d'autres contextes, elle pourra développer un autre type de personnalité, comme devenir un bourreau pour ses proches ou au travail, ou pour des personnes plus faibles (pour se venger).

L'exercice du jour 3 vous montre que ce que vous êtes aujourd'hui est fonction des événements vécus traumatisants ou non du passé proche ou lointain.

Exercices

A. Faites un bilan de vous-même

Qui êtes-vous en fonction des autres ? Quelle est votre personnalité superficielle ? Qui êtes-vous réellement ? Qui êtes-vous intuitivement à l'intérieur de vous ? Quelle est votre personnalité profonde ? (Travaillez en regard de l'exercice du jour 3.)

Qui suis-je intuitivement ?

	Moi formaté(e) Ma personnalité superficielle Ce que je montre et qui n'est pas moi, mais le résultat de mon histoire passée	Moi profondément/intuitivement, comme ce que j'ai envie d'être Ma personnalité profonde Mes atouts pour atteindre mes objectifs de changement
Valeurs		
Croyances - et +		
Dispositions : talents, intérêts, vocation, passions		
Points forts		
Points faibles		
Traits de caractère +		
Traits de caractère –		

Si vous rencontrez des difficultés pour réaliser cet exercice, faites appel à une personne sincère très proche, avec laquelle vous vous sentez vous-même et en confiance.

B. Comment réagirait le « moi profond et intuitif » dans la situation de blocage analysée lors de l'exercice du jour 3 ?

Imaginez être celui que vous souhaitez être réellement pour effectuer cet exercice (voir tableau ci-dessus) et expliquez :

....

....

....

....

....

Que devez-vous faire pour changer cette situation afin d'être à même de réagir comme ci-dessus ?

....

....

....

....

....

C. Comment modifier votre schéma de base ?

Pour modifier votre schéma de base, ce cercle vicieux source de souffrance, vous allez introduire ce que l'on nomme un « élément intrusif » dans le schéma. Choisissez un composant de votre histoire et décidez de le modifier pour dévier du schéma automatique (voir exemple ci-dessous).

Qu'est-ce qu'un élément intrusif ?

Un élément intrusif est un « déviateur » destiné à créer une brèche dans le cercle vicieux de votre schéma pour en modifier les résultats.

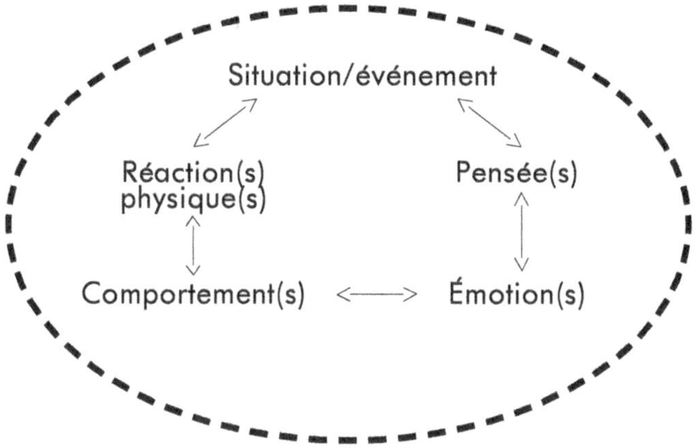

Figure 1 : schéma des interactions mentale, comportementale et physique

Dans l'exemple donné à l'exercice A. (Origine de mon problème actuel) du jour 3 , l'intrus introduit par la personne est un changement de pensée. Comment ? En se disant que ce qu'elle pense à ce moment-là n'est pas la réalité, car elle se sent profondément l'égale des autres. Avant de retrouver un groupe, et dès qu'elle se trouve parmi les autres, elle transforme sa pensée négative en une pensée constructive. Elle se répète plusieurs fois : « Je suis une personne valable, intelligente et j'ai autant à dire que les personnes qui sont présentes ». Elle accepte aussi de ne pas tout connaître et d'apprendre de nouvelles choses des autres. Elle a rectifié le jugement qu'elle avait d'elle-même. Le résultat aujourd'hui est que cette personne se sent l'égale des autres et à l'aise dans les groupes !

Introduction de l'élément intrusif dans mon schéma :

Dans la situation ou l'événement X :

....

(Reprenez les données de l'exercice du jour 3.)

Redéfinissez votre schéma (voir figure 1) ci-dessous et décidez de placer un premier élément intrusif là où vous le sentez :

Cela peut être un changement de pensée, une maîtrise de l'émotion en la remplaçant par une plus positive, un changement de comportement ou encore une gestion de la réaction physique.

Action du jour 4

Je choisis une action dans la liste ci-dessous et je la mets en pratique durant ma journée :

❑ Je contrôle ma « voix intérieure néfaste ».

❑ Je suis dans la gratitude.

❑ Je combats la résistance.

❑ Je gère mes peurs.

❑ Je suis confiant.

❑ Je reste dans le moment présent.

Pourquoi ai-je choisi cette action et comment est-elle vécue aujourd'hui ?

Évaluation quotidienne

Évaluez-vous de 1 à 10 sur les aspects suivants et expliquez vos choix de cotes :

Votre mental :

....

Vos émotions :

....

L'état de vos pensées :

....

Vos peurs :

....

Votre bien-être général/progression :

....

Jour 5

Mes peurs

Mon intention du jour :

....

....

La victoire que je veux remporter ce jour :

....

....

Bonne action du jour 5

Aujourd'hui, ma bonne action est :

....

Réalisée ? Oui/non

Si non, pourquoi ?

Si oui, résultats ?

Le mot de l'auteure

Tout est système et tout système se raccroche à une réalité. Nous verrons plus loin le concept du système.

Ma réalité du moment, c'est-à-dire ce qui tournait en boucle en moi, était liée à la dévalorisation constante que j'avais endurée. Même proche de moi-même, j'avais des doutes.

Une situation donnée produit un type de comportement relié à des pensées qui produisent un type d'émotion.

Ce schéma va dans tous les sens (voir figure 1). Si un schéma se répète indéfiniment, il deviendra une réalité qui tournera automatiquement. Dans mon cas, ayant été sujette à critiques et paroles dévalorisantes, je manquais cruellement de confiance en moi, ce qui a débouché sur des pensées autodépréciatrices et de la colère. C'était ma réalité, alors que j'avais toutes les capacités en moi, mais je n'osais pas m'affirmer.

Mais l'éveil a été net. Une prise de conscience encouragée par une personne proche, une discipline de pensées positives appropriées et surtout des actions adéquates !

Le conseil de l'auteure

Quelles sont les idées et pensées dévalorisantes qui tournent en boucle chez vous ? Placez-vous devant un miroir et dites tout haut devant votre image, les yeux dans les yeux, toutes ces choses que votre pensée vous débite. Vous constaterez que vous n'en êtes finalement pas vraiment convaincu(e) !

Mes peurs

La peur fait partie d'une pré-programmation de notre cerveau. Celle-ci contient non seulement les informations de survie, mais également les fonctions corporelles, le programme de sécurité (dont la peur est l'alerte), le système d'économie d'énergie et le plaisir. Ce sont en partie des instincts.

Lorsque l'individu se trouve dans une situation de danger ou menace réelle, l'activation du cerveau reptilien, plus précisément de l'amygdale, peut entraîner une inhibition de la pensée afin de préparer l'individu à l'action. Se déclenche alors une production d'hormones spécifiques : le cortisol et l'adrénaline. Celles-ci produisent un surplus d'énergie pour réagir physiquement à la situation. Le corps se met alors en capacité d'échapper par la fuite ou au contraire, de combattre.

La peur est classifiée en deux types : peur externe et peur interne.

- La peur externe est une peur extérieure que l'individu est motivé à éviter.
- La peur interne est une peur intérieure connectée à une émotion souvent négative (exemple : sous-estimation de soi).

Les peurs dites « irrationnelles » sont des peurs internes qui déclenchent le même processus biologique que celui lors d'un danger réel.

Toute situation de blocage psychologique est reliée à des peurs internes. Elles sont une projection de malaises (insécurité) du passé dans le futur à la suite d'un déclencheur émotionnel. La peur (irrationnelle) inconsciente est basée sur l'évitement, celui de revivre la souffrance du passé. Car l'événement passé a pu nous placer dans une situation d'insécurité réelle, considérée instinctivement comme un danger. La peur de perdre l'amour est un danger d'insécurité instinctif. L'amour parental, c'est-à-dire la protection, est indispensable pour la survie de l'enfant.

Les peurs irrationnelles des adultes sont reliées à des souffrances passées vécues et à des peurs d'insécurité instinctives du passé. Les peurs irrationnelles qui se maintiennent sont donc un baromètre intérieur de notre état mental face à la résolution ou non de ces situations du passé.

Si mes peurs subsistent, le problème n'est pas réglé. Une personne en harmonie avec elle-même, nettoyée de tous les traumas intérieurs, ne ressent plus aucune peur irrationnelle.

Si aujourd'hui, vous attendez des autres qu'ils comblent votre besoin d'amour et de reconnaissance, c'est par besoin de sécurité.

Exercices

A. Faites la différence entre vos peurs externes et internes

Listez toutes vos peurs et identifiez si elles sont réelles (externes) ou irrationnelles (internes).

Peur 1 :

....

Peur 2 :

....

Peur 3 :

....

Peur 4 :

....

Peur 5 :

....

Peur 6 :

....

Utilisez votre carnet de notes si les peurs dépassent le nombre de 6.

B. Expliquez vos peurs irrationnelles internes

En rapport avec l'exercice du jour 3 (identification du blocage et son origine), reprenez les peurs irrationnelles internes (voir exercice ci-dessus) reliées à cette situation et expliquez-les.

Peur 1 :

……………………………………………………………………………

Peur 2 :

……………………………………………………………………………

Peur 3 :

……………………………………………………………………………

Peur 4 :

……………………………………………………………………………

Peur 5 :

……………………………………………………………………………

Peur 6 :

……………………………………………………………………………

C. Les dangers que vous craignez

En regard des peurs, placez les dangers que vous craignez et expliquez clairement le pire qui peut vous arriver et ce que vous allez faire pour l'éviter.

Peur 1 : ……………………………………………………………

Danger : ……………………………………………………………

Le pire :

……………………………………………………………………

Action pour éviter le pire :

……………………………………………………………………

Peur 2 :……………………………………………………………

Danger : ……………………………………………………………

Le pire :

……………………………………………………………………

Action pour éviter le pire :

……………………………………………………………………

Peur 3 :...

Danger : ....
Le pire :
....
Action pour éviter le pire :
....

Peur 4 :...

Danger : ....
Le pire :
....
Action pour éviter le pire :
....

Peur 5 :...

Danger : ....
Le pire :
....
Action pour éviter le pire :
....

Peur 6 :..

Danger : ....
Le pire :
....
Action pour éviter le pire :
....

Action du jour 5

Je choisis une action dans la liste ci-dessous et je la mets en pratique durant ma journée :

- ❑ Je contrôle ma « voix intérieure néfaste ».
- ❑ Je suis dans la gratitude.
- ❑ Je combats la résistance.
- ❑ Je gère mes peurs.
- ❑ Je suis confiant.
- ❑ Je reste dans le moment présent.

Pourquoi ai-je choisi cette action et comment est-elle vécue aujourd'hui ?

Évaluation quotidienne

Évaluez-vous de 1 à 10 sur les aspects suivants et expliquez vos choix de cotes :

....

Votre mental :

....

Vos émotions :

....

L'état de vos pensées :

....

Vos peurs :

....

Votre bien-être général/progression :

....

Jour 6

« Coût du passage »

Mon intention du jour :

....

....

La victoire que je veux remporter ce jour :

....

....

Bonne action du jour 6

Aujourd'hui, ma bonne action est :

....

Réalisée ? Oui/non

Si non, pourquoi ?

Si oui, résultats ?

Le mot de l'auteure

Dans une situation difficile, je me demande toujours : qu'ai-je à perdre ?

La peur est à la fois un obstacle et un défi. La défier est la meilleure stratégie en se disant que nous n'avons rien à perdre. Et finalement, lorsque la peur est relativisée et amoindrie, le risque s'avère étonnamment minuscule.

Et si vous pensez perdre réellement quelque chose, trouvez une parade pour évincer cette peur qui vous bloque et repensez la situation de manière constructive.

Le conseil de l'auteure

Contactez quelqu'un que vous connaissez et qui est géré(e) par ses peurs. Demandez-lui de vous expliquer les peurs qui l'animent et questionnez-vous si vous pensez qu'elles sont justifiées ou irrationnelles.

Le fait d'entendre quelqu'un vous parler de ses peurs vous permettra de prendre de la distance envers les vôtres.

« Coût du passage »

Entre un point A, une situation de mal-être ou de blocage, et un point B, la situation idéale, il y a un gouffre qui représente le prix à payer (coût du passage) pour aller de l'une à l'autre.

Vous venez de travailler sur vos peurs, qui sont les gardiennes de ce gouffre. Donc, beaucoup tentent d'aller vers B, mais les peurs faisant barrage, ils reviennent à A.

Ces peurs sont devenues de petits programmes bien entraînés et automatiques. Ils forment une armée appelée « résistance ».

Il arrive souvent que les personnes n'en prennent pas conscience, parce qu'il s'agit d'un phénomène extrêmement subtil. C'est par peur que vous restez cantonné(e) dans vos blocages. Si les situations de l'exercice du jour 3 n'évoluent pas, c'est à cause de vos peurs.

Exercices

Voici trois aspects :

- A : votre situation de blocage actuel (voir exercice du jour 3).
- Centre : le gouffre = les peurs, la résistance + les actions pour dépasser ces peurs.
- B : les « pourquoi » du changement que vous souhaitez.

Répondez aux questions ci-dessous :

- A : situation de blocage actuel ?

....

....

- Centre : gouffre ?
    - Nommez et expliquez une peur majeure qui se rapporte à cette situation A et qui vous empêche d'aller à B :

....

....

    - Actions (le coût du passage) pour dépasser la peur (dont le pire a été envisagé à l'exercice du jour 5) et en relation avec les raisons de B :

....

....

- B : le changement souhaité ?

....

....

- Les raisons de ce changement ?

  ....

  ....

Les actions que vous proposez seront de véritables solutions, des alternatives pour combattre la peur. Elles seront rendues possibles grâce à la force de vos « pourquoi » (raisons) et de votre intention forte de changement.

Lorsque la peur prend le dessus, le cerveau « pensant » est mis sous silence. Ce sont alors les émotions débordantes qui prennent le relais.

Plus vous serez conscient(e) des mécanismes intérieurs, plus vous pourrez dépasser l'émotionnel automatisé.

Action du jour 6

Je choisis une action dans la liste ci-dessous et je la mets en pratique durant ma journée :

❏ Je contrôle ma « voix intérieure néfaste ».

❏ Je suis dans la gratitude.

❏ Je combats la résistance.

❏ Je gère mes peurs.

❏ Je suis confiant.

❏ Je reste dans le moment présent.

Pourquoi ai-je choisi cette action et comment est-elle vécue aujourd'hui ?

Évaluation quotidienne

Évaluez-vous de 1 à 10 sur les aspects suivants et expliquez vos choix de cotes :

Votre mental :

....

....

Vos émotions :

....

....

L'état de vos pensées :

....

....

Vos peurs :

....

....

Votre bien-être général/progression :

....

....

Jour 7

Je me définis

Mon intention du jour :

....

....

La victoire que je veux remporter ce jour :

....

....

Bonne action du jour 7

Aujourd'hui, ma bonne action est :

....

Réalisée ? Oui/non

Si non, pourquoi ?

Si oui, résultats ?

Le mot de l'auteure

Qui suis-je ? Avez-vous déjà posé cette question à un ami ? Que vous a-t-il répondu ? Ou devrais-je demander : étiez-vous satisfait(e) de la réponse ? La vérité sort elle de la bouche d'un ami ? Pas toujours.

La meilleure façon de le savoir est de vous poser la question à vous-même.

Le conseil de l'auteure

Quelqu'un vous a-t-il déjà demandé de le décrire ? Si oui, avez-vous été juste ? Faites cet exercice avec quelqu'un et vous verrez…

Je me définis

La tâche la plus noble de l'individu
est de devenir conscient de lui-même.

Carl Gustav Jung

La rencontre de nos deux personnalités est
comme le contact de deux substances chimiques :
s'il se produit une réaction, les deux
en seront transformées.

Dominique Van Acker

Le propos de l'exercice de ce jour est de façonner, à partir de vos deux personnalités, la véritable !

Exercices

Spécifiez ci-dessous qui vous êtes réellement, avec tous les atouts que VOUS possédez, vos talents, vos traits de personnalité, vos qualités, vos croyances positives, vos valeurs et vos goûts (reportez-vous à l'exercice du jour 4) :

……………………………………………………………………………

……………………………………………………………………………

……………………………………………………………………………

……………………………………………………………………………

Si vous maintenez des aspects de votre personnalité superficielle, justifiez pourquoi :

....

....

....

....

Faites une description physique détaillée de vous ci-dessous tel que vous avez envie intuitivement de devenir :

....

....

....

....

Action du jour 7

Je choisis une action dans la liste ci-dessous et je la mets en pratique durant ma journée :

❑ Je contrôle ma « voix intérieure néfaste ».

❑ Je suis dans la gratitude.

❑ Je combats la résistance.

❑ Je gère mes peurs.

❑ Je suis confiant.

❑ Je reste dans le moment présent.

Pourquoi ai-je choisi cette action et comment est-elle vécue aujourd'hui ?

Évaluation quotidienne

Évaluez-vous de 1 à 10 sur les aspects suivants et expliquez vos choix de cotes :

Votre mental :

....

Vos émotions :

....

L'état de vos pensées :

....

Vos peurs :

....

Votre bien-être général/progression :

....

Jour 8

Photo et visualisation

Mon intention du jour :

....

....

La victoire que je veux remporter ce jour :

....

....

Bonne action du jour 8

Aujourd'hui, ma bonne action est :

....

Réalisée ? Oui/non

Si non, pourquoi ?

Si oui, résultats ?

Le mot de l'auteure

Miroir, ô mon beau miroir, qui est la plus belle (le plus beau) ?

Votre miroir vous renvoie-t-il l'image la plus objective de vous-même, ou vos yeux agissent-ils comme un filtre ingrat ? Questionnez votre réalité. L'image de vous-même en dépend directement.

Le conseil de l'auteure

Pour une fois, essayez d'être honnête avec vous-même. Qui êtes-vous vraiment ? Allez devant votre miroir et osez le dire : « Je suis génial(e) ! »

Photo et visualisation

N'oublie pas que le corps est la maison de l'esprit.
Sa façade ne doit jamais être plus entretenue ou plus considérée que son lieu de vie, de son espace intérieur.
Si tu en prends soin au quotidien, ton esprit y demeurera en bienheureux !

JAH OLELA WEMBO

Vous voilà enfin ! Heureuse de vous rencontrer !

Ce jour, je vous invite à regarder à l'intérieur de vous pour entrevoir l'extérieur. Mais tout d'abord, montrez-vous de l'extérieur. Comment vous voyez-vous ? Osez imaginer cette nouvelle personne et acceptez-la.

Photo de vous « nouveau » ou « nouvelle » !

Programmez un rendez-vous avec un photographe (permettez-vous cette petite dépense) ou demandez à un ami afin qu'il prenne une photo de vous « nouvellement défini(e) ». Au préalable, transformez ce que vous avez décidé de transformer : coiffure, vêtements... LA TOTALE ! Le changement doit inclure un changement de routine corporelle.

Que vais-je changer physiquement ?

....

....

....

....

Collez votre nouvelle photo ci-dessous :

Exercices

Imaginez que vous agissiez en étant cette nouvelle personne, que feriez-vous ?

Vous voilà neuf à l'extérieur. Que ferez-vous de l'intérieur ?

(Reportez-vous à l'exercice C « conséquences positives et négatives » du jour 1.)

Choisissez une action immédiate positive pour votre vie en rapport avec un de vos objectifs et décrivez-la ci-dessous.

....

....

Conséquences positives immédiates de cette action sur votre vie ?

....

....

Conséquences positives à moyen et long terme de cette action sur votre vie ?

....

....

Action du jour 8

Je choisis une action dans la liste ci-dessous et je la mets en pratique durant ma journée :

❑ Je contrôle ma « voix intérieure néfaste ».

❑ Je suis dans la gratitude.

❑ Je combats la résistance.

❑ Je gère mes peurs.

❑ Je suis confiant.

❑ Je reste dans le moment présent.

Pourquoi ai-je choisi cette action et comment est-elle vécue aujourd'hui ?

Évaluation quotidienne

Évaluez-vous de 1 à 10 sur les aspects suivants et expliquez vos choix de cotes :

Votre mental :

....

Vos émotions :

....

L'état de vos pensées :

....

Vos peurs :

....

Votre bien-être général/progression :

....

Jour 9

Comment amorcer et mettre en œuvre le changement ?

Mon intention du jour :

....

....

La victoire que je veux remporter ce jour :

....

....

Bonne action du jour 9

Aujourd'hui, ma bonne action est :

....

Réalisée ? Oui/non

Si non, pourquoi ?

Si oui, résultats ?

Le mot de l'auteure

Il vous est certainement arrivé d'être enthousiaste à l'idée de changer quelque chose dans votre contexte de vie ou d'enfiler un nouveau vêtement, ou encore de vous faire une nouvelle coupe de cheveux. C'est pareil pour votre vie ! Y avez-vous songé ? L'occasion se présente maintenant de changer vos habitudes et votre vie, car quand la compréhension ouvre la porte, tout devient plus facile et plus limpide.

Le conseil de l'auteure

Ce soir, avant de vous endormir, la dernière pensée devra être pour ce changement. Pensez intensément à ce que vous désirez et imaginez demain matin lorsque cela se passera. Le matin, vous aurez des indices de ce que vous souhaitez pour ce changement.

Comment amorcer et mettre en œuvre le changement ?

Votre vision devient claire lorsque vous regardez dans votre cœur. Qui regarde à l'extérieur rêve. Qui regarde à l'intérieur s'éveille.

Carl Gustav Jung

Vous êtes Vous ! Et je vous invite à regarder à l'intérieur de vous. Être connecté à soi permet d'OSER sans peur. OSER, c'est agir avec confiance. Dans les exercices de ce jour, je vous invite à oser être vous-même pour la première fois et à prendre conscience de ce qui est important pour vous.

Félicitations ! Changer sa routine est la première action qui amènera votre cerveau à capter un changement et surtout l'empêchera de vous remettre sur les circuits automatiques. Intuitivement, vous êtes capable de sentir par où vous devez commencer.

Cela peut démarrer au lever, en décidant, par exemple, de vous occuper de votre hygiène mentale : sport (oxygénation du cerveau), méditation (calme intérieur), balade rapide (même 10 min) avec amples respirations (renforcement énergétique par les poumons) dans la nature, etc.

Ensuite, occupez-vous de votre hygiène alimentaire : décidez de manger sainement. Préparez un programme de menus « santé » pour tous les jours et prenez soin de le préparer avec cœur, en pensant aux bienfaits que cela vous procurera.

Si vous avez de mauvaises habitudes et que vous n'arrivez pas à les modifier sur un coup de tête, ne vous découragez pas. Il est alors préférable de construire de nouvelles bonnes habitudes qui, à un moment donné, supplanteront les mauvaises. Si vous fumez, par exemple, le fait de faire du sport ou de vous balader en travaillant sur votre respiration provoquera des réactions physiques qui perturberont votre habitude de fumer. De cette manière, vous diminuerez automatiquement le nombre de cigarettes pour vous dégager du malaise.

N'essayez pas d'implanter plusieurs nouvelles habitudes en même temps, mais une seule à la fois.

Travaillez sur votre routine journalière de fonctionnement. Changez la manière de prendre vos repas, comme votre place à table, la route pour vous rendre au travail (si possible), la décoration de votre bureau ou son emplacement, la gestion du temps de travail, l'aménagement d'un endroit personnel chez vous, etc. Regardez tout ce qu'il est possible de modifier, même légèrement. Tous ces changements auront un impact sur votre ressenti, votre perception et surtout sur votre cerveau.

Exercices

A. Comment implanter une nouvelle habitude ?

Si votre nouvelle habitude est de commencer du sport quotidiennement, choisissez un indice, comme : placer les chaussures ou les vêtements de sport bien en vue pour vous rappeler votre séance quotidienne. Vous pouvez décider de sortir faire une marche rapide de 10 minutes tous les matins avant votre petit déjeuner. La récompense pourra être le fait de sentir en vous une énergie puissante pour attaquer la journée, un des bénéfices appréciables du sport au naturel. Mais une récompense pourrait aussi être un copieux petit déjeuner tel que vous l'appréciez.

Démarche :

- Décidez d'une nouvelle habitude à la fois, au risque de les voir tomber toutes rapidement dans les oubliettes.
- Identifiez clairement votre motivation à implanter cette nouvelle habitude (voir charte des besoins, annexe 3).
- Énoncez une intention puissante.
- Fixez un timing précis pour la mettre en œuvre.
- Déterminez l'indice déclencheur.
- Fixez une récompense.
- Trouvez un témoin vis-à-vis duquel vous allez vous engager officiellement (ce témoin peut devenir votre compagnon de sport).
- Annoncez votre nouvelle habitude à toutes les personnes de votre environnement.

Ma nouvelle habitude :

....

Intention :

....

Motivation :

....

Indice :

....

Timing :

....

Récompense :

....

Témoin :

....

Commentaires :

....

B. Pour bien commencer, je change ma routine fonctionnelle quotidienne

Décrivez votre routine actuelle incluant vos mauvaises habitudes :

....

....

....

....

....

....

Ma nouvelle routine, ce que je peux et veux changer dans mon fonctionnement quotidien :

....

....

....

....

....

....

Action du jour 9

Je choisis une action dans la liste ci-dessous et je la mets en pratique durant ma journée :

- ❑ Je contrôle ma « voix intérieure néfaste ».
- ❑ Je suis dans la gratitude.
- ❑ Je combats la résistance.
- ❑ Je gère mes peurs.
- ❑ Je suis confiant.
- ❑ Je reste dans le moment présent.

Pourquoi ai-je choisi cette action et comment est-elle vécue aujourd'hui ?

Évaluation quotidienne

Évaluez-vous de 1 à 10 sur les aspects suivants et expliquez vos choix de cotes :

Votre mental :

....

Vos émotions :

....

L'état de vos pensées :

....

Vos peurs :

....

Votre bien-être général/progression :

....

Jour 10

Protocole 1

Mon intention du jour :

....

....

La victoire que je veux remporter ce jour :

....

....

Bonne action du jour 10

Aujourd'hui, ma bonne action est :

....

Réalisée ? Oui/non

Si non, pourquoi ?

Si oui, résultats ?

Le mot de l'auteure

Enfants, nous ne choisissons souvent rien. Tout nous est imposé, ce qui n'est pas nécessairement positif, car l'environnement dans lequel nous grandissons est souvent intégralement recréé à l'âge adulte, avec tous les aspects de ce passé (positifs et négatifs). Cela se corsera encore si l'enfance fut marquée par des événements très douloureux, des relations déstructurantes ou traumatisantes qui se perpétueront dans l'environnement recréé.

Le conseil de l'auteure

Pensez à ce que vous expérimentez avec les acteurs de votre environnement actuel. Y a-t-il des similitudes avec l'environnement de votre passé ? Si oui, réagissez !

Protocole 1

Ce dernier jour de la première partie sera dédié à la mise en place de votre premier protocole de travail.

Non, le travail n'est pas fini. Chaque partie fera l'objet d'un protocole que je vous conseille de suivre pendant 30 jours. Fixez votre calendrier personnel dès aujourd'hui, à l'aide du planning (annexe 1). Prenez ces protocoles comme une ordonnance médicale.

Vous l'aurez constaté, des automatismes animent votre vie, et changer peut prendre un certain temps. Tout ne se réalise pas en un jour.

Un artiste travaille de nombreuses années afin de pouvoir exceller dans son art. Un entrepreneur travaille d'arrache-pied en consacrant beaucoup d'énergie et d'heures à son activité avant d'atteindre le succès. Quoi que vous fassiez, cela prend du temps pour obtenir des résultats. Se connaître et changer sa perception prennent du temps. Changer sa vie prend du temps.

Soyez patient(e) et faites-vous confiance. En décidant d'implanter les prémisses d'une nouvelle mouture de vous-même, acceptez les étapes indispensables, les difficultés et le timing.

Protocole à suivre, de préférence tous les jours pendant 30 jours

1. Au lever, je visualise et je sens la nouvelle personne que je suis (voir jours 7 et 8). Je maintiens cette sensation tout au long de la journée. Je suis cette personne, je me comporte comme cette personne !

2. Je gère les situations que je rencontre à travers cette nouvelle personne que je suis (jour 3, exercice B).

3. Lorsque la situation de blocage se présente, je gère et j'applique mon nouveau schéma comportant l'élément intrusif (jour 4, exercice C).

4. Lorsque mes peurs (ré)apparaissent, j'applique l'action nécessaire afin d'éviter le pire (jour 5) en rapport avec cette peur.

5. J'applique ma nouvelle routine quotidienne et j'implante une nouvelle habitude (jour 9, exercices A et B).

6. Le soir, je médite de 5 à 10 min en pleine conscience de ce qui se passe en moi. Je me sens bien à l'intérieur, je me sens devenir la nouvelle personne que je suis profondément et je la visualise.

7. Tout au long de la semaine, je choisis de vivre au quotidien en pleine conscience.

PARTIE 2

JOURS 11 À 20

Mon environnement

Suis-je le reflet de ce que j'attends des autres ou de ce que les autres attendent de moi ?

L’impact de l’environnement

L’esprit humain a besoin de liberté.
Il ne doit pas vivre clôturé et limité. Il doit sentir
qu’il peut et doit changer son environnement
sous toutes ses formes si le besoin s’en fait sentir.

DANIEL DESBIENS

Je ne veux pas être le produit
de mon environnement. Je veux que
mon environnement soit mon produit à moi.

MARTIN SCORSESE

L’environnement est un aspect précieux du développement, et s’il s’avère avoir été hostile, toxique, destructeur ou restrictif dans le passé de votre enfance, son empreinte marquera votre vie jusqu’à la prise de conscience de ses effets, quels qu’ils soient, sur votre vie actuelle. Bien évidemment, l’impact de l’environnement peut être également bénéfique, mais ce n’est pas le sujet de ce livre.

L’environnement a participé pour une très large part à qui vous êtes et ce que vous avez fait de votre vie jusqu’à ce jour. Même si vous avez quitté physiquement celui de votre enfance, il est toujours en vous. Ce que vous faites, pensez ou ressentez en est en grande partie le reflet.

L’environnement est un ensemble « d’espaces de vie » dits « systèmes » que je nommerai ici « structures » et qui regroupe un certain nombre de membres interactifs (comme les membres de la même famille, amis, proches, collègues…). Je le nomme « la plateforme de la vie ».

Par « interactifs », j’entends non seulement le type de relation entre les membres de cet environnement, mais également les influences mutuelles qui y sont associées : le mimétisme des comportements, des croyances, des habitudes, du mode de fonctionnement, du choix de la profession, du mode de vie, de la toxicité, des dommages psychologiques et corporels subis, etc.

De l'influence de cet environnement dépendra le type de personnalité superficielle façonnée qui se maintiendra à l'âge adulte, jusqu'à l'éveil de la conscience.

Les rôles tenus par les membres dans les espaces de vie, nommés « structures », du passé deviendront un modèle de fonctionnement psychologique et comportemental qui règlera la vie ultérieure. L'individu recréera inconsciemment les mêmes espaces ou structures de vie, et cherchera des copies conformes ou façonnera des membres de son nouvel environnement pour retrouver les mêmes interactions de l'environnement passé, donc le même modèle. Son identité sociale en sera marquée. Des cas plus complexes, comme le dédoublement des espaces de vie dû à des divorces, par exemple, peuvent aggraver ce phénomène.

Le cas de Vivien est flagrant. Vivien, très attaché à sa mère, rencontre des femmes qu'il façonne en quelque sorte à l'image de sa mère, pour que celles-ci lui renvoient ce dont il a besoin : la sécurité maternelle. Comment les façonne-t-il ? Tout simplement par les actions et la parole. Il se comporte et s'exprime de telle manière à recevoir les réponses qu'il attend et qui décalquent celles de sa mère. Ainsi, il reçoit les réponses de sa mère à travers les femmes qui passent dans sa vie.

Un autre cas commun est celui, par exemple, d'une personne ayant subi dans l'enfance le divorce de ses parents et qui, pour assumer le rôle du parent ayant quitté le foyer auprès du parent restant, recréera inconsciemment des aspects de l'espace de vie du parent parti pour assurer son rôle auprès du parent restant. Le cas classique de Pascale est révélateur : petite, elle subit le divorce de ses parents, son père quitte la famille et sa mère va l'amener inconsciemment à prendre le rôle du « mari » absent pour assurer sa propre sécurité. Adulte, ce rôle se perpétuera auprès du parent restant jusqu'à sa disparition. Et pour soutenir ce rôle, son espace de vie révélera de manière étonnante des éléments de l'espace de vie du père qu'elle avait captés petite, durant ses séjours chez le père.

Arrêtez-vous quelques instants et réfléchissez. Êtes-vous exactement tel que votre environnement vous a façonné ? Êtes-vous devenu le modèle de cet environnement ? Et l'environnement actuel est-il le reflet de ses attentes ? Ou avez-vous inconsciemment créé un nouvel environnement tout aussi annihilant, avec des acteurs de substitution que vous avez bien choisis ou formatés vous-même par un système de relation réactionnelle ? « Si je me comporte de manière X, je recevrai une réponse Y qui me sécurise, même si elle me fait mal. Elle abonde dans le sens de ma sécurité, même illusoire. » Comportement inconscient, bien évidemment !

Si c'est le cas, vous vous sentez en sécurité. Ce qui vous rend par ailleurs très malheureux(se). Drôle de paradoxe… Quel est-il ? C'est le besoin de sécurité qui crée le paradoxe. L'environnement crée la sécurité de l'enfant, même dans les pires circonstances. Et pour maintenir cette sécurité, si celle-ci est mise en danger, l'enfant fera tout ce qui est possible pour la rétablir. Adultes, nous agissons pour nous rassurer et assurer notre sécurité, en reproduisant la même chose, même dans l'adversité.

Alors que l'environnement devrait apporter les outils pour :

- Développer la conscience de Soi ;
- Développer le potentiel profond ;
- Développer la confiance en soi ;
- Rester et oser être Soi ;
- Ne pas perdre la spontanéité de l'enfant en soi ;
- La régulation des émotions ;
- Développer le bon équilibre entre l'esprit rationnel et l'esprit créatif et spontané ;
- Développer son intuition ;
- Comprendre le sens de la vie et le rôle à y jouer ;
- L'autonomie et la responsabilité ;
- Les valeurs essentielles comme le respect, la compassion, la gratitude, la justice… ;
- La capacité à faire les choix adéquats pour soi ;
- La prise de décision ;
- La capacité à comprendre ce qui est bon pour soi ;
- Acquérir les moyens de s'adapter au système sans se perdre ;
- Être heureux : l'équilibre esprit/corps/conscience.

Dans la majorité des cas, il :

- Vous façonne une identité (rôle) qui n'est pas la vôtre ;
- Transmet ses frustrations ;
- Développe à « copier et devenir » le système ;
- Éloigne de la conscience de soi et donc de soi-même ;

- Trace un chemin de vie de mal-être, car il vous a mis sur un chemin inadapté, mais qui pourtant paraît « sécurisant » ;
- Vous éloigne de la jouissance de l'instant ;
- Vous propulse dans une vision constante et compétitive du futur ;
- Vous tient attaché(e) au passé et construit vos regrets ;
- …

Effets néfastes possibles de l'environnement :

- Vos croyances limitantes qui empêchent l'épanouissement ;
- Vous maintenir dans les schémas de votre environnement passé ;
- Construire votre personnalité superficielle, vous sentez que vous n'êtes pas vous-même ;
- Vos peurs irrationnelles ;
- Vos mauvaises habitudes ;
- Vos émotions omniprésentes comme la colère, la haine, la culpabilité, la honte, la tristesse, etc. ;
- Vos excuses pour ne pas agir ou prendre des décisions ;
- Votre procrastination ;
- Votre anxiété ;
- Vos perceptions négatives ;
- Votre mode de pensée négatif ;
- Votre autodévalorisation ;
- Votre peur du regard des autres et leurs jugements ;
- Vos échecs ;
- Vos complexes ;

- Vos mauvais choix et mauvaises décisions ;
- Votre entourage toxique ;
- Vos attitudes/comportements inadaptés ;
- Vos (futurs) regrets ;
- …

Chacun a la possibilité d'explorer sa propre vie, sa propre conscience, et d'élargir son horizon. Comprendre les causes de ce qui nous a amenés jusqu'ici est un travail de longue haleine, mais indispensable.

Le repérage, l'observation de nos agissements, pensées, émotions dans le présent est efficace, car le présent est le substrat de notre conscience. Mais le présent est furtif, et pour le capter, il est nécessaire d'être attentif, concentré.

Ce qui subsiste au présent est ce qui devra être conscientisé puis nettoyé. Il ne sert à rien de réveiller d'anciennes blessures si elles sont totalement enfouies. Néanmoins, pour les moins enfouies, les avoir identifiées et en comprendre l'impact est utile (voir jour 1).

Cette routine déterminée pour le changement est essentielle afin d'effectuer et de réussir ce travail : seul(e) avec vous-même, sans vous préoccuper du temps ou des aléas de votre environnement et 100 % conscient(e) du moment pour vous dégager des blocages.

Jour 11

Les schémas

Mon intention du jour :

....

....

La victoire que je veux remporter ce jour :

....

....

Bonne action du jour 11

Aujourd'hui, ma bonne action est :

....

Réalisée ? Oui/non

Si non, pourquoi ?

Si oui, résultats ?

Le mot de l'auteure

L'environnement de mon enfance fut destructeur. Mes parents se séparèrent lors de ma sixième année. Par la suite, le rejet de ma mère faisait partie de mon quotidien. Malgré deux abandons (le rejet équivaut à un abandon), ma résilience et ma force intérieure m'ont permis de créer, adulte, un nouvel environnement positif et constructif pour ma vie affective et professionnelle ainsi que pour mon développement personnel.

Lorsque je compare les deux environnements, ils n'ont rien en commun. Ce qui m'a valu un autre rejet de la part de ma famille, qui ne comprenait pas mon nouvel environnement et mes choix de vie. Mais tant qu'à faire, un rejet de plus n'a rien changé.

Étant trop différente, je ne faisais plus partie du système. Mais même si c'était une bataille éprouvante, j'y ai gagné ma liberté et mon bonheur.

Le conseil de l'auteure

Prendre conscience de ce que votre histoire a comme empreinte sur votre vie est un avantage pour créer un monde intérieur propre et un environnement épanouissant.

Les schémas : exercices

A. Quel a été l'impact de votre environnement sur vous et votre vie actuelle ?

Référez-vous à la liste des effets néfastes de l'impact de vos environnements passés et présents sur votre vie (dans la partie « Impact de l'environnement ») et choisissez les 5 aspects les plus présents et récurrents de votre quotidien (ou trouvez ceux qui vous concernent et qui ne sont pas repris dans la liste). Détaillez, expliquez…

....

....

....

....

....

B. Les schémas de mes structures

Notre environnement est une « structure » composée d'un ensemble **d'éléments interagissant entre eux selon certains principes/ règles.** Pour qu'une structure soit nommée comme telle, cela nécessite d'identifier :

- **des éléments qui la composent, comme ici des humains.** Mais cela peut être des objets, des phénomènes ou des actions.
- **des modalités de fonctionnement (interactions)** entre ces humains.
- **des critères d'acceptation ou de rejet de la structure,** c'est-à-dire d'appartenance à la structure ou non.

Voici quelques autres exemples de structures : le système solaire, le système nerveux, le corps humain, les organes, la structure sociétale, la structure familiale, la structure de l'entreprise, de l'équipe, la structure politique, économique, etc. La structure familiale peut également imposer une mission que tous les membres devront suivre.

Tout est structure. La moindre relation est une structure, puisqu'elle implique des éléments qui vont interagir selon des règles. Un couple est donc une structure, une amitié entre deux personnes est une structure.

Toute structure poursuit une finalité propre. Votre environnement général est donc une structure qui généralement est elle-même la reproduction d'une autre structure, celle de votre passé.

Notre environnement général regroupe donc un ensemble de structures : la structure familiale, professionnelle, sociale, scolaire, etc. La plupart du temps, l'environnement général dicte les règles à la base des croyances, du type de communication entre les membres de toutes les structures qui en font partie et donc également de l'état d'esprit des membres. Nous sommes généralement le fruit de notre environnement général du passé, dont l'état d'esprit influence toutes les structures de notre vie. Comprendre les dysfonctionnements de notre environnement et leurs répercussions sur notre équilibre permet de le changer.

La science des systèmes (structures) se nomme la « systémique ». Elle nous invite à observer les relations entre les membres d'une structure qui doivent fonctionner dans un but commun (bien-être collectif). Par exemple, si dans une structure (la famille, dans le cas présent), un de ses membres adopte une conduite inappropriée et en décalage aux attentes de la structure, l'approche consiste à regarder en quoi son comportement participe ou non à l'équilibre de cette structure. Par exemple, dans le cas de la structure familiale, cet équilibre n'est autre que la sécurité des parents chargés d'assurer la sécurité de la structure. Bien évidemment, la notion de sécurité n'est pas la même pour tous. L'adversité et la violence peuvent être sécures pour certains. La notion de sécurité est donc un concept subjectif (qui dépend de l'expérience personnelle), parfois très éloigné de la sécurité instinctive.

Si un membre ne correspond pas aux normes établies de la structure, il sera soit remis sur le « droit chemin », soit éjecté, ou peut-être qu'il quittera la structure de sa propre initiative. Mais durant la période où ce membre pose un problème à sa famille en attirant sur lui toute l'attention, les autres membres de la famille vivront à l'abri et dans l'ombre de ce même membre devenu le « bouc émissaire ». L'attention est dès lors focalisée sur le membre perturbateur, au profit de la sécurité des autres.

Si je repense à mon histoire, c'est ce genre de schéma qui s'était installé dans ma famille : persécutée, j'étais devenue le bouc émissaire qui permettait aux autres membres de vivre à l'abri. Et si j'ai assumé ma révolte, c'était dans l'insécurité.

Pourquoi un membre devient-il un bouc émissaire ? Parce qu'il est différent des autres, ne suit pas les règles ou ne se plie pas à toutes les exigences de la « tête » de la structure, quelles qu'elles soient. Le bouc émissaire s'avère généralement bien commode, en permettant à un autre membre de se décharger de sa propre souffrance ou de sa propre peur de l'insécurité. Ainsi, la boucle est bouclée. Le but ici est de modifier le fond pour faire évoluer les attitudes et comportements. Vous allez devenir le « régisseur » de votre propre structure !

Dans votre cas, que révèle votre environnement général ? Créez un schéma de votre environnement général. Pour rappel, l'environnement général regroupe toutes vos structures : **votre structure familiale originelle, votre structure familiale actuelle,** la structure de votre lieu de travail, de vos amis, de vos collègues, du club-loisir, de l'école, de la communauté religieuse, etc.

Identifiez les acteurs importants de chaque structure. Par exemple, dans votre structure familiale actuelle, les membres sont, normalement : votre conjoint, chaque enfant, peut-être un « extra conjoint dissimulé », peut-être un membre vivant sous votre toit, comme un beau-père ou une belle-mère, ou votre père ou votre mère, des membres externes très influents, etc. Dans le cas des familles recomposées, la structure s'élargit en incluant les nouveaux membres : de nouveaux conjoints et leurs enfants éventuels.

Commencez par les structures familiales : actuelle et originelle, puis continuez avec les autres structures. Placez les membres intuitivement dans vos structures familiales, rapprochez-les ou éloignez-les les uns des autres, ou reliez-les d'une structure à l'autre avec des flèches ou des traits. Mettez en évidence les alliances entre certains membres des structures au détriment d'autres membres, par exemple. Utilisez des couleurs et des formes pour les identifier. Quelles sont les interactions entre les individus dans une structure et dans les autres structures ? Quels indices utiles pouvez-vous dégager en comparant ces structures ? Quels sont les points communs entre ces structures ? Laissez libre cours à votre intuition et expliquez ce que vous voyez et ressentez. Tirez des conclusions personnelles de ce que vous constatez. Passez ensuite aux autres systèmes.

Exemple : structures familiales de Martine

- Structure 1 : famille actuelle de Martine

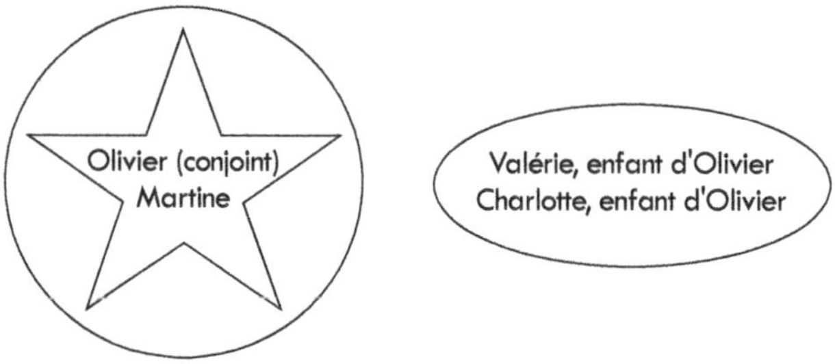

Explication : Martine est mariée à Olivier. Ils n'ont pas d'enfants ensemble, mais Olivier a deux enfants d'un premier mariage. Celles-ci n'ont jamais vécu avec le couple Olivier et Martine.

Olivier et Martine sont très soudés, ils forment un couple solitaire.

Olivier a vécu un divorce et le schéma est le suivant :

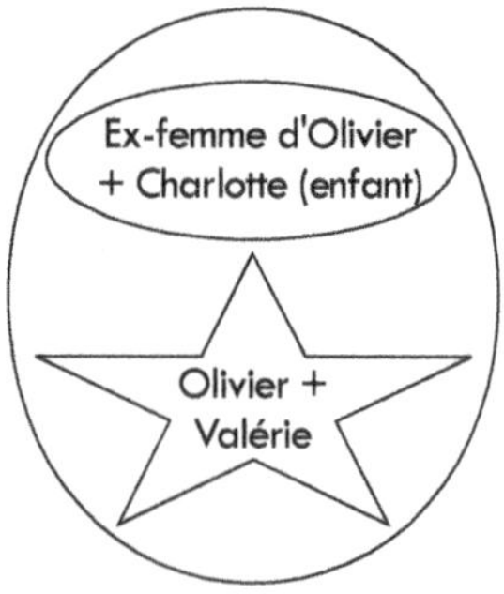

Explication : l'ex-femme de Olivier a une relation fusionnelle avec Charlotte, la plus jeune. En revanche, Olivier avait une relation proche avec Valérie. C'est lui qui s'est occupé de l'enfant dès sa naissance. Actuellement, Charlotte vit encore avec sa mère, et Valérie s'est mariée, elle a 2 enfants.

- Structure 2 : famille originelle de Martine

Les parents de Martine ont divorcé alors qu'elle était petite.

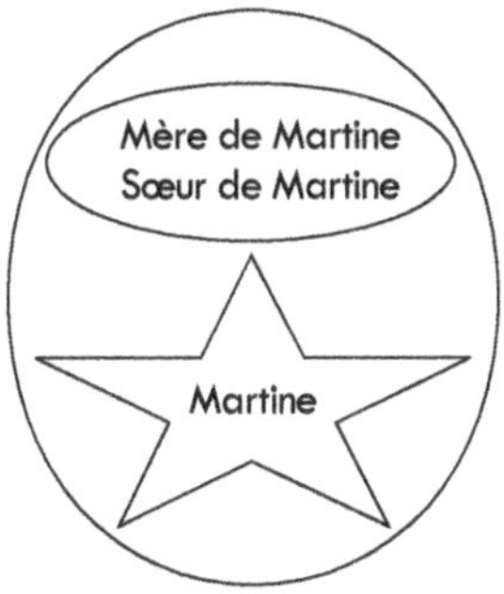

Après le divorce de ses parents

Avant le divorce de ses parents

Explication : avant le divorce de ses parents, Martine était très proche de son père, et sa mère et sa sœur étaient très soudées. La sœur est l'aînée.

Après le divorce, la relation de la mère avec la sœur est devenue fusionnelle, et Martine a été rejetée. Elle était isolée et très solitaire.

Dans les schémas familiaux de Martine, une chose est très étonnante : la situation de famille de Olivier avec son ex-femme (avant le divorce et qui a perduré jusqu'à ce jour, car l'ex-femme de Olivier vit encore avec sa fille Charlotte, qui a plus de 30 ans) présente le même schéma relationnel que celui de Martine dans son système familial originel avant le divorce.

- Voici le schéma complet :

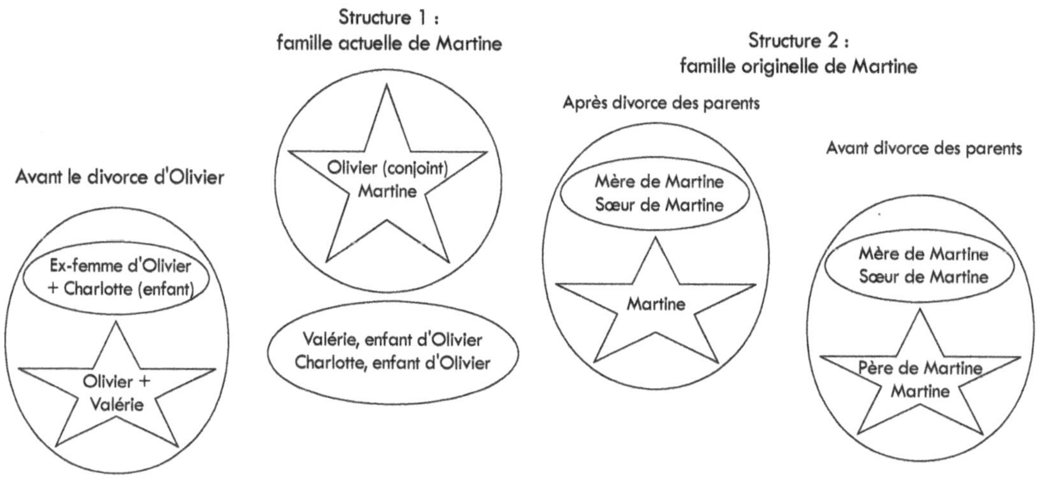

Ce schéma des structures familiales de Martine démontre déjà des situations répétitives. Il est donné ici uniquement à titre d'exemple. Ce qui est intéressant dans cet exemple, ce sont les mêmes formes utilisées : des étoiles pour identifier les couples plus proches, voire fusionnels, et les formes ovoïdes pour les éléments plus éloignés, extérieurs. Les couleurs sont aussi importantes. Si vous utilisez des couleurs, cherchez-en la signification.

Il est nécessaire de construire les autres structures : scolaire, professionnelle, sociale, etc., pour dégager de l'information pertinente.

Si nous connaissons l'histoire de nos parents, nous pouvons dégager encore davantage d'informations pour comprendre. L'histoire familiale est une source importante de connaissance pour comprendre sa propre histoire.

Mes structures

1. Nom :
   Schéma :

   Explications :
   ....
   ....
   ....

2. Nom :
   Schéma :

Explications :

....

....

....

3. Nom :

Schéma :

Explications :

....

....

....

4. Nom :

Schéma :

Explications :

....

....

....

Réunion de toutes les structures

Rassemblez ci-dessous tous vos schémas des structures familiales (comme dans l'exemple « Structures familiales de Martine ») pour une meilleure perspective de l'ensemble.

Action du jour 11

Je choisis une action dans la liste ci-dessous et je la mets en pratique durant ma journée :

❑ Je contrôle ma « voix intérieure néfaste ».

❑ Je suis dans la gratitude.

❑ Je combats la résistance.

❑ Je gère mes peurs.

❑ Je suis confiant.

❑ Je reste dans le moment présent.

Pourquoi ai-je choisi cette action et comment est-elle vécue aujourd'hui ?

Évaluation quotidienne

Évaluez-vous de 1 à 10 sur les aspects suivants et expliquez vos choix de cotes :

Votre mental :

....

Vos émotions :

....

L'état de vos pensées :

....

Vos peurs :

....

Votre bien-être général/progression :

....

Jour 12

Mon rôle dans mon environnement

Mon intention du jour :

....

....

La victoire que je veux remporter ce jour :

....

....

Bonne action du jour 12

Aujourd'hui, ma bonne action est :

....

Réalisée ? Oui/non

Si non, pourquoi ?

Si oui, résultats ?

Le mot de l'auteure

Je me souviens avoir été le bouc émissaire de ma mère, le petit « canard noir » de la famille. Était-ce mon rôle dans la cellule familiale réduite à ma mère et ma sœur ? J'étais une petite hyperactive, donc différente. En étant ce petit « canard noir », j'étais vraiment moi-même, mais mon environnement n'acceptait pas que je sois différente et que je me révolte face au fait de ne pas être respectée et d'être rejetée. Mais je suis différente et ma vie est marquée par cette différence. Une chose est certaine : je suis MOI-MÊME !

Ce rôle de petit « canard noir » n'en était donc pas vraiment un. Un rôle est une position que la structure (familiale ou autre) vous impose pour fonctionner dans sa psychologie propre et qui, sans révolte de votre part ou prise de conscience, vous collera à la peau indéfiniment, c'est-à-dire aussi longtemps que vous n'êtes pas en alignement avec vous-même. Le « rôle » imposé vous éloigne totalement de vous-même. C'est une « mise en boîte » hermétique. Finalement, vous vous identifiez complètement à ce rôle qui gère votre vie. Avec le recul, que j'aime ce petit « canard noir » que j'étais !

Le conseil de l'auteure

Pensez à ce que vous vivez avec les acteurs de votre environnement général actuel. Y a-t-il des similitudes avec l'environnement de votre passé ? Avez-vous reconstitué cet environnement et ses interactions, ses rôles ? Avec votre conjoint, vos enfants, vos collègues, etc. ? Si vous sentez que l'environnement vous est néfaste, réagissez !

Mon rôle dans mon environnement

La structure familiale étant unique, elle s'avère puissante. Hiérarchisée, elle se base sur des règles internes concoctées avec des émotions, des limitations, des interdits, des attitudes, de la séduction, des influences positives et négatives, des valeurs, des croyances, des normes, des événements, etc. La famille peut être à la fois protectrice et source permanente de stress, d'insécurité et d'inconfort. Elle dégage de l'amour et/ou de la haine, elle est chaleureuse et/ou froide. Elle intègre et assure la loyauté, ou la rejette. La difficulté, aujourd'hui, est le dédoublement des structures familiales du fait des divorces. Deux structures véhiculant des règles opposées ou divergentes peuvent devenir totalement déstabilisantes.

Cette hiérarchie comporte des rôles tenus par chaque membre de la fratrie qui définissent le type de liens entre eux. Les principaux rôles sont les rôles maternels et paternels (sous-entendant également le rôle conjugal.). Ensuite, il y a les rôles fraternels (entre frères et sœurs) et le rôle filial (entre parents et enfants, basés sur le respect de la hiérarchie et l'autorité).

Les familles recomposées dédoublent forcément certains rôles officieusement, comme belle-mère et beau-père endossant, dans certaines situations, des rôles proches de père et de la mère. Les enfants des nouveaux couples recomposés deviennent demi-frères et/ou demi-sœurs.

À côté de ces rôles « officiels », on en trouve beaucoup d'autres (rôles officieux), développés en fonction de « l'état psychologique » de la structure familiale, comme : l'enfant parfait, ou celui qui est gentil avec maman, celui qui range sa chambre et ne pose aucun problème, « l'idiot » de la famille, l'incapable, celui qui met les pieds dans le plat, le vaurien, le gauche, le maladroit, « le petit con », le lunatique, l'indécis, le rêveur, le simplet, le méchant, le maudit, celui qui dit n'importe quoi ou qui parle pour ne rien dire, le laid, le bon à rien, le cancre, l'intelligent, le révolté, l'explosif, le timide, le faible, la victime, le sensible, le fragile, le petit, le grand, l'indigne, le génie promu à un avenir tracé, etc.

Certaines confusions dans les rôles familiaux officiels peuvent créer des troubles chez les enfants ou dans la hiérarchie de la structure. Par exemple, le parent « infantile irresponsable » qui utilise ses enfants comme parents devant assumer ainsi des responsabilités qui ne leur incombent pas, des parents qui utilisent leurs enfants comme « confidents intimes » de leur vie affective ou de leurs déboires, des parents favorisant un des enfants au détriment des autres, des grands-parents dominants qui évincent l'autorité des parents, etc. Les conséquences peuvent être importantes pour l'enfant : par exemple, il prendra un rôle maternel ou paternel de substitution dans la structure, ce qui perturbera le schéma des rôles officiels.

Ces rôles officieux qui se perpétuent dans le temps se glissent insidieusement dans nos structures, car à force de répétition, ils façonnent des chemins dans notre cerveau et marquent de leur empreinte tous nos comportements, notre monde émotionnel et notre façon de penser. Nous agissons perpétuellement pour obtenir la validation de ce rôle qui nous définit. Nous faisons tout pour attirer ce qui l'entretiendra. « Inconsciemment, je me comporte d'une manière spécifique afin de valider mon rôle ! Jusqu'à ce que j'en prenne conscience. » Même les métiers peuvent être le reflet des rôles construits.

Exercices

A. Mon rôle

Pour rappel, une « structure » est une organisation faite de relations interactives, de rôles, de buts et de finalités, capable d'autorégulation et constituée d'individus ayant des échanges continuels entre eux.

Reprenez les schémas de chacune de vos structures et identifiez votre rôle ainsi que votre place dans chacune d'elles.

Dans toute structure, si un rôle y est joué, vous aurez une personne instigatrice et une personne qui bénéficiera des avantages de votre rôle (ce peut être la même personne). Identifiez-les et tentez d'expliquer.

Identifiez aussi si dans la structure, vous avez un allié.

STRUCTURE N° 1

Dessin :

Quel est mon rôle ? Décrivez-le.

....

Quel membre est l'initiateur ou l'instigateur du rôle ?

....

Quel autre membre profite de mon rôle pour alléger sa souffrance ?

....

Mon allié ?

....

Quel membre souffre éventuellement de mon rôle ?

....

Quelles sont les conséquences de mon rôle pour mon développement personnel ?

....

Autres observations :

....

....

STRUCTURE N° 2

Dessin :

Quel est mon rôle ? Décrivez-le.

....

Quel membre est l'initiateur ou l'instigateur du rôle ?

....

Quel autre membre profite de mon rôle pour alléger sa souffrance ?

....

Mon allié ?

....

Quel membre souffre éventuellement de mon rôle ?

....

Quelles sont les conséquences de mon rôle pour mon développement personnel ?

....

Autres observations :

....

....

Structure n° 3

Dessin :

Quel est mon rôle ? Décrivez-le.

....

Quel membre est l'initiateur ou l'instigateur du rôle ?

....

Quel autre membre profite de mon rôle pour alléger sa souffrance ?

....

Mon allié ?

....

Quel membre souffre éventuellement de mon rôle ?

....

Quelles sont les conséquences de mon rôle pour mon développement personnel ?

....

Autres observations :

....

....

Structure n° 4

Dessin :

Quel est mon rôle ? Décrivez-le.

....

Quel membre est l'initiateur ou l'instigateur du rôle ?

....

Quel autre membre profite de mon rôle pour alléger sa souffrance ?

....

Mon allié ?

....

Quel membre souffre éventuellement de mon rôle ?

....

Quelles sont les conséquences de mon rôle pour mon développement personnel ?

....

Autres observations :

....

....

B. Comparez les structures

Avez-vous le même rôle dans chacune des structures, ou des rôles différents ?

....

Comparez les personnes instigatrices de votre rôle. Ont-elles des particularités similaires ? Si oui, lesquelles ? Expliquez.

....

....

Comparez les personnes qui bénéficient des avantages de votre rôle. Ont-elles des particularités similaires ? Si oui, lesquelles ?

....

....

Vous sentez-vous vous-même dans certaines structures ? Si oui, lesquelles et pourquoi ?

....

....

Autres observations :

....

....

Il est essentiel que vous compreniez si le rôle qui vous a été attribué vous manipule encore dans votre vie actuelle.

Action du jour 12

Je choisis une action dans la liste ci-dessous et je la mets en pratique durant ma journée :

❏ Je contrôle ma « voix intérieure néfaste ».

❏ Je suis dans la gratitude.

❏ Je combats la résistance.

❏ Je gère mes peurs.

❏ Je suis confiant.

❏ Je reste dans le moment présent.

Pourquoi ai-je choisi cette action et comment est-elle vécue aujourd'hui ?

Évaluation quotidienne

Évaluez-vous de 1 à 10 sur les aspects suivants et expliquez vos choix de cotes :

Votre mental :

....

Vos émotions :

....

L'état de vos pensées :

....

Vos peurs :

....

Votre bien-être général/progression :

....

Jour 13

Ma réalité : mon système de croyances

Mon intention du jour :

....

....

La victoire que je veux remporter ce jour :

....

....

Bonne action du jour 13

Aujourd'hui, ma bonne action est :

....

Réalisée ? Oui/non

Si non, pourquoi ?

Si oui, résultats ?

Le mot de l'auteure

Vous l'aurez compris, tout ce qui se déroule dans votre vie est le résultat d'une composition subtile entre l'environnement passé/présent et des acteurs qui en font partie.

L'impact s'élargit à une multitude d'aspects, tels que vos origines, vos ancêtres, la culture familiale, son histoire et votre santé mentale et physique via les habitudes et croyances de votre famille sur plusieurs générations.

Mais au sein d'un système existe également un concept nommé « parentification » et inventé par Ivan Boszormenyi-Nagy.

Il s'agit de la conception des notions de « mérite » et de « dettes » à l'intérieur d'une même famille. La dette la plus connue est la « loyauté familiale ».

« Selon Boszormenyi-Nagy, les familles détiennent un livre de comptes où sont consignés les gains et les dettes (c'est-à-dire les fautes ou transgressions commises, ou bien encore les mérites). Tout se passe comme s'il existait une loi implicite imposant le remboursement ou la réparation de chaque dette. Si cette loi n'est pas respectée, le poids de la dette sera transmis à la génération suivante, où l'un des membres peut se voir déléguer (Stierlin, 1977) le rôle de veiller au remboursement ou à la retransmission de cette fonction vers un descendant. Le patient désigné est, pour Boszormenyi-Nagy, celui qui est lié par des loyautés invisibles à cette fonction d'épurer les dettes portées par sa famille. »

Source : « Loyautés familiales et éthique en psychothérapie », Édith Goldbeter-Merinfeld, dans *Cahiers critiques de thérapie familiale et de pratiques de réseaux*, 2010/I (no 44).

D'autres nommeraient cela « la dette karmique ».

Le conseil de l'auteure

Que faites-vous par loyauté à vos parents ou vos ancêtres ? Ou qu'avez-vous pris par loyauté familiale, que ce soit au niveau mental ou physique ? Le cas d'Anna est flagrant, elle est victime d'une maladie incurable : la cécité d'un œil.

Toutes les femmes de sa famille sur plusieurs générations en ont été victimes. Cette privation d'un œil cache-t-elle un lourd secret de famille sur plusieurs générations qui se manifeste physiquement ? Un exemple frappant du pouvoir de l'esprit sur le corps.

Il s'agit d'un cas de loyauté extrême. Un regard sur notre loyauté à nos parents ou nos ancêtres éclairera un certain nombre d'aspects incompris de notre vie et nous autorisera à réagir pour prendre des mesures pour dépasser cette loyauté injustifiée et parfois très lourde.

Par exemple, Marie a opéré une rupture (psychologique et relationnelle) avec sa mère à 8 ans. Est-ce par loyauté à sa grand-mère qui a perdu sa propre mère à 8 ans ?

Ma réalité : mon système de croyances

Nous croyons fermement que notre vie, organisée comme telle, est obligatoirement ce que nous devons faire, penser, suivre, croire, etc., et qu'il est normal de fonctionner de la sorte. Certaines situations ne sont jamais remises en question.

Par exemple, si en rentrant le soir, certains se font insulter, brutaliser, cela leur semble normal. Dans d'autres cas de figure, si vous êtes timide, c'est normal. Si vous n'attirez pas le respect, c'est normal. Si vos collègues ne vous respectent pas ou si vous êtes victime d'humiliation, c'est normal. Si votre vie est parsemée d'échecs, c'est normal. Pourquoi croire que tout ce que vous vivez, pensez ou décidez est forcément normal ?

Remémorez-vous les jours 11 et 12, l'impact de l'environnement et de votre rôle sur ce que vous êtes devenu(e). À partir des données transmises par votre environnement que vous avez intégrées, ainsi que du rôle qui vous a été attribué, vous avez construit « votre réalité », qui n'est autre que l'ensemble des chemins tracés par les connexions neuronales dans votre cerveau.

Cette réalité est différente de celles des autres. C'est pourquoi il y a autant de réalités que d'individus sur cette planète, des réalités composées de croyances et d'une multitude d'autres choses. Certaines croyances seront communes avec d'autres réalités, et clairement, vos antennes externes chercheront à entrer en communication avec des réalités proches de la vôtre. On parle là de phénomènes vibratoires qui se calculent en hertz.

Nous attirons une énergie vibratoire semblable à la nôtre, donc à ce que nous sommes. Pourquoi ? Parce que notre cerveau dégage des ondes dites « ondes cérébrales » qui correspondent à l'activité de nos neurones et qui se répandent à l'extérieur par l'esprit, la pensée et la parole. Le niveau de vibration de l'activité de nos neurones attire un niveau semblable de vibration. Notre cerveau projette à l'extérieur des situations qui en attirent des semblables ou des complémentaires.

De ce que mon environnement a façonné dans mon cerveau dépend mon système de croyances. De ce dont je suis conscient ou non dépend mon niveau de conscience.

Exercices

A. Mon système de croyances : issu de mon rôle structurel ?

Après avoir identifié votre ou vos rôles, dégagez le système de croyances qui en découle. Par exemple, si votre rôle est d'être celui qui ne réussira jamais rien, qui est « incapable », votre système de croyances contiendra des croyances du type : « Ceux qui réussissent sont malhonnêtes », « L'argent ne fait pas le bonheur » ou encore « Je ne suis pas à la hauteur », « Je ne suis pas fait pour gagner », « Le succès, la réussite, c'est pour les autres », etc.

Liste de mes croyances attachées à mon rôle :

1 : ....

2 : ....

3 : ....

4 : ....

5 : ....

6 : ....

B. Les indices ?

Cherchez pour chaque croyance des indices qui confirment le lien entre cette croyance et votre rôle ?

Croyance 1 : ....

Croyance 2 : ....

Croyance 3 : ....

Croyance 4 : ....

Croyance 5 : ....

Croyance 6 : ....

Comment ces croyances reliées à votre rôle vous limitent-elles ?

....

....

C. *Mon niveau de conscience ?*

À la suite des exercices précédents, à quel point êtes-vous conscient(e) de votre rôle, de votre fonctionnement intérieur et des choix qui s'ensuivent ? Expliquez.

....

....

Si vous ne parvenez pas à passer à travers les exercices et à vous atteindre, de quoi avez-vous peur ? Quel est l'obstacle qui vous empêche de vous atteindre profondément selon vous ?

....

....

Action du jour 13

Je choisis une action dans la liste ci-dessous et je la mets en pratique durant ma journée :

❑ Je contrôle ma « voix intérieure néfaste ».

❑ Je suis dans la gratitude.

❑ Je combats la résistance.

❑ Je gère mes peurs.

❑ Je suis confiant.

❑ Je reste dans le moment présent.

Pourquoi ai-je choisi cette action et comment est-elle vécue aujourd'hui ?

Évaluation quotidienne

Évaluez-vous de 1 à 10 sur les aspects suivants et expliquez vos choix de cotes :

Votre mental :

....

Vos émotions :

....

L'état de vos pensées :

....

Vos peurs :

....

Votre bien-être général/progression :

....

Jour 14

Maîtrise/non contrôle

Mon intention du jour :

....

....

La victoire que je veux remporter ce jour :

....

....

Bonne action du jour 14

Aujourd'hui, ma bonne action est :

....

Réalisée ? Oui/non

Si non, pourquoi ?

Si oui, résultats ?

Le mot de l'auteure

Votre environnement est la plaque tournante de votre vie.

Si vous étiez seul(e), isolé(e) dans un endroit perdu, vous n'auriez probablement pas à subir vos problèmes. C'est donc bien l'interaction avec les autres, avec les membres de vos structures, qui fait jaillir vos souffrances et les entretient.

Vous avez certainement déjà vécu des moments de solitude durant lesquels le bien-être refaisait surface. Ces moments définissent exactement la « façon dont vous devriez vous sentir en permanence ».

L'instinct nous pousse à vivre en collectivité. Anciennement, le groupe garantissait la sécurité de l'individu et les moyens de faire face au danger réel. Actuellement, pour certains, le groupe est devenu insécurisant, parfois même toxique et producteur de misère mentale. Quel paradoxe !

Le conseil de l'auteure

Réfléchissez au prix que vous payez pour vous maintenir dans des situations de souffrance mentale, blessante ou humiliante. Cela en vaut-il la peine ?

Maîtrise/non contrôle

Le mot « contrôle » est péjoratif, voire négatif. « Contrôle » sous-entend la manipulation, l'influence négative, la soumission et la domination. Mais le mot devient positif lorsqu'il s'agit de prendre le contrôle de sa propre vie. Je parle ici de la maîtrise et de la justesse des agissements. Décider de ce que vous souhaitez réaliser et faire dans votre vie est définitivement à contrôler par vous. Et non par votre environnement.

L'éducation est généralement basée sur le contrôle afin d'assurer la sécurité des membres fondateurs de la structure familiale : le contrôle de ce que nous pensons, faisons, le contrôle de notre spontanéité, de nos choix, de notre apparence, de nos émotions. Et finalement, la structure nous range dans une boîte étiquetée à son effigie. Je suis ceci, cela dans les limites du ceci ou du cela. Je suis la marionnette de mon éducation, donc ma structure familiale.

Je ne contrôle en fait plus rien du tout. Tout me contrôle, et le peu de spontanéité qui me reste, je l'enfouis profondément. Et puis un autre système nous contrôle, le système appelé « humanité ».

Dès lors, le seul qui puisse se révolter est mon corps, mon esprit étant totalement sous contrôle. Les maladies corporelles et les débordements émotifs sont des signes de malaises que nous parvenons ou non à décoder et qui peuvent remonter très loin dans le temps.

Dans l'exercice suivant, vous allez être amené(e) à décoder ce que vous contrôlez (ce qui est naturel) et ce que vous ne contrôlez absolument pas.

Exercices

A. Ce que je maîtrise, ce que je ne contrôle pas

Ce que je maîtrise

Je veux parler de ce que vous maîtrisez grâce à vos moyens intérieurs, vos forces, votre naturel, vos instincts, vos facultés mentales telles que votre intelligence, votre imagination et votre créativité, votre volonté, vos valeurs et votre capacité de prise de décision.

Ce que vous contrôlez et qui possède une force d'influence grâce à votre potentiel intérieur profond et à vos acquis tels que votre niveau actuel de conscience, votre savoir-faire, votre personnalité profonde et véritable.

Les réponses que vous donnez sont des choix délibérés. Votre guide : l'intuition propre, le langage de votre personnalité profonde. Ce qui engendre des résultats positifs.

RÉSULTATS POSITIFS
Impact = renforcement de vos ressources

Énergie positive

Ce que je ne contrôle pas

Ce que vous ne contrôlez absolument pas, la nébuleuse périphérique sombre, ce qui vous empêche d'avancer, ce qui vous tire vers le bas, ce pour quoi vous n'obtenez aucun résultat malgré les efforts forcés de votre rôle ou votre ego et qui engendrent une grande perte d'énergie. Les agissements qui vont à l'encontre de votre nature, de votre spontanéité, ou qui rencontrent de l'opposition dans votre vie (voir exercice du jour 3).

Vous n'exercez aucune influence, aucun contrôle possible sur les événements ou les actions, vous êtes coincé(e) dans un ou plusieurs rôles, dans votre personnalité superficielle.

La dépendance totale à l'environnement social, professionnel, privé ou familial.

Ce qui va à l'encontre de qui vous êtes, de votre noyau véritable, mais que vous pensez être forcé de faire, qui nourrit vos « rôles » et qui engendre des résultats négatifs.

Énergie négative

Impact = destruction de vos ressources
RÉSULTATS NÉGATIFS

Faites l'exercice pour toutes les structures de votre environnement.

Nom système 1

Ce que je maîtrise :

....

L'énergie positive qui vous renforce :

....

Ce que je ne contrôle pas :

....

L'énergie négative qui détruit vos ressources :

....

Nom système 2

Ce que je maîtrise :

....

L'énergie positive qui vous renforce :

....

Ce que je ne contrôle pas :

....

L'énergie négative qui détruit vos ressources :

....

Nom système 3

Ce que je maîtrise :

....

L'énergie positive qui vous renforce :

....

Ce que je ne contrôle pas :

....

L'énergie négative qui détruit vos ressources :

....

B. Les attentes reliées aux besoins erronés du passé

Pourquoi se place-t-on dans des situations de non-contrôle ? Vous pensez qu'il est impossible de s'embourber intentionnellement dans des situations problématiques ou difficiles. Détrompez-vous ! L'esprit inconscient est d'une puissance infinie. Ce que vous faites ou pensez n'est pas nécessairement lié à la réalité consciente du moment. De ce que vous avez vécu naît un panel de besoins et donc d'attentes.

Mais ces besoins sont peut-être erronés. Ils découlent de votre expérience passée, elle-même issue de ce que votre environnement passé a mis en place pour vous. Imaginez que vous étiez un enfant constamment dévalorisé. La dévalorisation a créé un état d'insécurité. Vos besoins de sécurité et de reconnaissance sont donc puissants. Comment allez-vous les satisfaire aujourd'hui ? Vous chercherez inconsciemment des situations similaires qui satisferont ces besoins.

Donc, vous vous placerez inconsciemment dans des situations difficiles pour obtenir les mêmes résultats que dans votre passé. Vous irez chercher les personnes capables de vous donner les réponses qui satisferont vos attentes. Et dans ces situations, vous ne contrôlerez effectivement plus rien. Ce seront les autres qui vous contrôleront.

L'environnement vous contrôle. Les individus de cet environnement vous contrôlent. Pour autant, cela signifie-t-il que tant que nous ne nous réveillons pas et que nous ne prenons pas conscience de ce phénomène, nous vivons dans un déni de la réalité ? Oui. Mais quelle réalité ? Celle de notre formatage est une réalité qui ne nous correspond pas nécessairement. Tout tourne autour de ce phénomène.

Si deux personnes s'attirent, le plus souvent, c'est dans l'attente de combler les manques de chacune d'elles. Quels manques ? Ceux qui apportent sécurité, reconnaissance, etc. « Je t'apporte la sécurité, car tu vois en moi les réponses dont tu as besoin pour te sentir en sécurité. »

Si dans mon passé, je n'ai pas été respecté, je pourrais choisir un partenaire qui ne me respectera pas, car il correspond à mon schéma d'amour. Je pourrais choisir un partenaire qui comblera le manque créé par la (les) personne(s) de mon passé qui ne fait (font) plus partie de mon présent, mais dont j'ai besoin pour me sentir en sécurité, car c'est de cette manière qu'elle(s) m'aimai(en)t. Je veux donc être aimé de la même manière afin d'être rassuré(e), jusqu'à la prise de conscience que ce n'est pas le cas.

La souffrance est là pour nous le démontrer. Les besoins identifiés comme faisant partie de la vie passée seraient-ils donc erronés ? Ils correspondent à des aspects non contrôlés. Bien évidemment, nous avons tous besoin de sécurité, mais une personne éveillée dispose de la faculté de s'autosécuriser.

Elle ne cherchera plus les composants du passé pour fabriquer sa sécurité. Elle est capable de déterminer elle-même ce dont elle a besoin pour se sentir en sécurité.

Ce que nous ne contrôlons pas est ce qui nous tire vers le bas, même si nous pensons que cela nous sécurise. Jusqu'à un certain point, là où la souffrance prendra le dessus. Jusqu'à un niveau de dissonance intérieure incontrôlable et irréversible. Une dissonance intérieure tellement virulente qu'il est impossible d'y résister. Et nous sombrons. Burnout, dépression, apathie, perte totale d'énergie, etc.

La réaction automatique est de retrouver la consonance en trouvant des parades faciles. Exemples de consonance :

- Je me fais battre par mon conjoint, je souffre et j'ai peur. La consonance : quand il ne boit pas, il est tellement gentil et attentionné.
- Je me fais humilier et j'ai honte. La consonance adaptée : je le mérite, car je ne vaux rien.

Les dissonances sont en relation avec des événements de mon passé dont je n'ai pas conscience et/ou qui sont des schémas qui se répètent.

Cherchez trois situations dissonantes dans votre vie et les consonances qui viennent les justifier et qui vous empêchent de changer certains aspects de votre vie. Pourquoi ces dissonances existent-elles dans votre vie ? À quoi se rattachent-elles ?

1. Situation dissonante ?

   Consonance actuelle ?
   Expliquez :
   ....
   ....
   ....

2. Situation dissonante ?

   Consonance actuelle ?
   Expliquez :
   ....
   ....
   ....

3. Situation dissonante ?

   Consonance actuelle ?
   Expliquez :
   ....
   ....
   ....

Comment transformer les situations dissonantes ?

Que procure cette situation de dissonance ? Même si elle est la cause d'une souffrance intense, elle est une situation qui rassure. Elle est un phénomène connu dont on maîtrise les conséquences. Les conséquences sont familières. On connaît aussi intimement les limites de la souffrance et on la contrôle jusqu'à un certain point. Et c'est justement parce qu'on la contrôle qu'on accepte la consonance tronquée et adaptée pour entretenir la situation. Tant que la situation est sous contrôle, gérée tant bien que mal, elle est acceptable. Que se passe-t-il si la situation dérape, c'est-à-dire si elle produit des résultats inattendus ?

La consonance fonctionnera pour les variantes dissonantes jusqu'à un certain point. Mais les variantes dissonantes sont source d'insécurité. Si d'autres variantes apparaissent et deviennent hors de contrôle, la consonance deviendra inefficace et d'autres actions devront être nécessaires. C'est à ce moment crucial que la prise de conscience est possible.

Exemple : si une personne battue est de surcroît abusée, elle ne contrôlera plus la souffrance qui en découle. Les limites voleront en éclats. Que se passera-t-il ? Elle acceptera cet état de fait, mais si d'autres écarts surviennent de manière régulière, elle ne pourra plus se raccrocher au connu et sombrera dès lors dans une souffrance encore plus grande et intolérable. Le moment est opportun pour agir et chercher de l'aide.

Que pourriez-vous donner comme nouvelles réponses transformatrices à vos situations dissonantes en évitant les consonances qui maintiendraient les situations inchangées ?

1. **Situation dissonante ?**

   Nouvelle réponse transformatrice ?
   Expliquez :

   ....

   ....

   ....

2. **Situation dissonante ?**

   Nouvelle réponse transformatrice ?
   Expliquez :

   ....

   ....

   ....

3. **Situation dissonante ?**

   Nouvelle réponse transformatrice ?
   Expliquez :

   ....

   ....

   ....

Action du jour 14

Je choisis une action dans la liste ci-dessous et je la mets en pratique durant ma journée :

❏ Je contrôle ma « voix intérieure néfaste ».

❏ Je suis dans la gratitude.

❏ Je combats la résistance.

❏ Je gère mes peurs.

❏ Je suis confiant.

❏ Je reste dans le moment présent.

Pourquoi ai-je choisi cette action et comment est-elle vécue aujourd'hui ?

Évaluation quotidienne

Évaluez-vous de 1 à 10 sur les aspects suivants et expliquez vos choix de cotes :

Votre mental :

....

Vos émotions :

....

L'état de vos pensées :

....

Vos peurs :

....

Votre bien-être général/progression :

....

Jour 15

Je contrôle quoi ?

Mon intention du jour :

....

....

La victoire que je veux remporter ce jour :

....

....

Bonne action du jour 15

Aujourd'hui, ma bonne action est :

....

Réalisée ? Oui/non

Si non, pourquoi ?

Si oui, résultats ?

Le mot de l'auteure

La technique de l'observation et de l'analyse des interactions n'est pas une technique propre au développement personnel. Elle est utilisée dans bien des domaines. Ce qui est compliqué dans le développement personnel, c'est de s'observer soi-même. L'observation n'est efficace qu'à travers une prise de recul. La clef pour prendre du recul est de faire, à un moment donné, un arrêt sur image, une émotion, une pensée ou un schéma, et d'appliquer la « dissociation volontaire ». En d'autres mots, vous regardez comme si ce n'était pas vous, comme si vous n'étiez pas vraiment impliqué(e). Regardez cette réalité comme si ce n'était pas votre réalité. Comme si vous étiez l'acteur (actrice) d'un film et qu'après la scène, vous vous regardiez jouer cette scène.

Le conseil de l'auteure

La dissociation volontaire, c'est comme observer une réalité extérieure à votre vie. Faites-en l'expérience grâce à l'exercice A qui suivra et dans lequel vous vous retrouverez à la place de trois personnes différentes. Vous pourrez ensuite utiliser cette technique pour prendre du recul par rapport aux résultats des exercices. Notez tout ce qui vous interpelle…

Je contrôle « quoi » ?

La maxime de ce jour : « Prendre le recul nécessaire afin de clarifier la situation en vue de la contrôler ! »

Une des études les plus intéressantes de ces dernières années, et qui fut réalisée par l'Université de Yale, aux États-Unis, a révélé que la méditation calme l'activité du cerveau. En effet, la méditation diminue la tendance de notre cerveau à vagabonder de pensée en pensée en générant du stress.

NICOLAS – SITE COMMENT-ÉCONOMISER.FR

Parmi les bienfaits de la méditation, je retiens celui qui permet de calmer l'activité du cerveau tout en augmentant la concentration. C'est une excellente technique pour contrôler le flux de pensées sauvages et incessantes parfois dévastateur (voir p.42 : La méditation et la pleine conscience – Exercices quotidiens).

La pensée incessante peut devenir un calvaire (et entraîner un manque de concentration entraînant la procrastination). Le manque de contrôle sur le flot de pensées journalier fait que la pensée nous mène là où elle le veut, au gré des chemins fixés dans le cerveau. Il est nécessaire de déployer de sérieux efforts de contrôle afin de dévier de ces chemins pour la plupart, devenus automatiques. Et vous n'ignorez plus où ces chemins vous mènent.

Nous produisons de cinquante à soixante-dix mille pensées par jour. Elles sont de deux types : conscientes et inconscientes (dites également « automatiques »). Le travail de contrôle consiste à gérer ces pensées afin d'éviter qu'elles ne vous mènent là où le cerveau a prévu de vous mener. D'où viennent-elles ?

La pensée est une fonction dont la vocation est de former des représentations intellectuelles plus ou moins conscientes. Elle est formée par les stimuli sensoriels perçus à travers l'esprit via le corps, en combinaison avec la subjectivité de la personne (ses croyances). La pensée est un phénomène psychique.

La pensée est un discours intérieur
que l'âme tient en silence avec elle-même.

PLATON, *LE SOPHISTE* (TRADUCTION PAR ÉMILE CHAMBRY)

Selon Pierre Larousse, « la "pensée" est la comparaison de deux "idées", elles-mêmes étant chacune l'image (la représentation) d'une chose dans l'esprit. Le résultat d'une pensée se nomme "jugement" et ainsi, l'énonciation d'un jugement s'appelle "proposition". Tout moyen employé pour manifester nos pensées prend le nom de *langage* ». (Source : *Lexicologie de la Grammaire supérieure*, 1880)

Exercices

A. La dissociation volontaire

Voici un exercice pour vous amener à pratiquer la dissociation volontaire.

Lors d'une situation particulièrement difficile émotionnellement, stressante, angoissante ou bloquante, voici une technique très utile pour vous dissocier de ce qui s'est passé et ainsi déployer un regard plus objectif sur la situation pour en comprendre les rouages et le pourquoi.

Installez-vous comme pour une méditation : dans un endroit calme, assis en tailleur. Cet exercice peut également se faire sur une chaise.

Ensuite, concentrez-vous sur votre respiration quelques minutes. Imaginez-vous dans une salle de cinéma. Vous vous voyez dans la cabine de projection, et, de la cabine de projection, vous vous observez assis(e) dans la salle. Vous vous observez en train de regarder un vieux film en noir et blanc de la situation ou l'événement en question dans lequel vous êtes acteur (actrice).

Le fait de regarder la scène qui se déroule en noir et blanc indique qu'elle a déjà quitté le présent, donc qu'elle ne fait plus partie du moment.

Notez ci-dessous tous les effets que cet exercice produira sur vous et surtout, prenez conscience de ce qui se passe dans la scène entre les acteurs. Essayez d'expliquer le pourquoi du déroulement de cette situation ou cet événement tel qu'il s'est passé et expliquez-en les conséquences. Quel a été le déclencheur de votre émotion, de votre stress ou de votre angoisse (ou autre manifestation) ?

....

....

....

....

....

....

B. Contrôle des pensées

Maîtriser ses pensées est une stimulation dont le but est d'élever la conscience de Soi. Cela requiert de la stabilité émotionnelle, de la concentration et de la patience.

Il existe deux types de pensées : la consciente et l'automatique. Conscientiser la pensée automatique est un exercice ardu, cette dernière étant furtive, elle passe souvent inaperçue à votre conscience. La pensée qui code toute votre vie peut devenir asservissante en s'avérant préjudiciable pour votre équilibre psychique.

Contrôler la pensée concernera particulièrement les pensées destructrices, malveillantes ou nocives.

Exercice 1 : les pensées sauvages et le dédoublement

Le but de cet exercice est de chasser une pensée sauvage dès qu'elle apparaît dans votre champ de conscience.

Installez-vous comme pour une méditation : un endroit calme, dans l'obscurité, les yeux fermés, assis en tailleur ou sur une chaise.

Ensuite, concentrez-vous intensément sur votre respiration, comptez-la : comptez un nombre pour chaque respiration complète. Essayez de compter jusqu'à 5 sans une seule pensée sauvage. Puis 10.

Lorsque vous êtes capable d'arriver à 10 respirations sans une seule pensée perturbante, visualisez-vous dans la posture de méditation ou sur la chaise comme si vous observiez une autre personne. Recommencez jusqu'à ce que l'image soit stable et durable. Vous n'arriverez probablement pas à 10 la première fois. Ne vous découragez pas. Répétez l'exercice aussi souvent que vous en ressentez la nécessité.

Exercice 2 : les pensées indésirables

Dressez la liste des pensées nocives et indésirables qui assombrissent votre mental. Ce sont celles générées par vos croyances limitantes, dévalorisantes et destructrices qui influencent vos comportements, déclenchent des émotions en cascade et vous ruinent mentalement.

Chaque jour, traquez les pensées listées ci-dessus. Dès qu'elles font irruption dans votre champ de conscience, congédiez-les immédiatement. Elles ne peuvent plus entrer dans la sphère de vos pensées actives.

Cet exercice doit empêcher ces pensées d'influer sur votre fonctionnement. Vos comportements ne peuvent plus être basés sur ce type de pensées nocives.

Notez ci-dessous ces pensées récurrentes qui assombrissent votre vie :

....

....

....

Exercice 3 : cultivez les pensées saines

Quelles sont les pensées motivantes et structurantes qui ouvriraient la porte du bonheur pour vous ? Dressez-en la liste :

....

....

....

....

....

....

....

Exercice 4 : visualisations

L'exercice qui suit doit être pratiqué de préférence avant de dormir, dans votre lit.

Allongez-vous dans l'obscurité, les yeux fermés de manière à créer l'obscurité oculaire totale, et pensez à des moments agréables de votre journée, de votre passé ou de ce que vous aimeriez faire et qui vous raccrochent à des pensées saines de la liste ci-dessus.

Pour chaque moment visualisé et afin de les mettre en évidence, visualisez une lueur forte qui éclaire chaque plaisir engendré par ces moments, comme une aura. Focalisez-vous sur cette lueur et sentez ce qu'elle vous procure à l'intérieur. Imaginez et visualisez l'espace de votre conscience contenant toutes les lueurs qui illuminent vos plaisirs et votre bonheur. Et maintenez cette visualisation aussi longtemps que vous le souhaitez. Imprégnez-vous de cette conscience du bonheur lumineux jusqu'à l'endormissement.

C. Contrôle des émotions débordantes

Travaillez en méditation sur la dissociation volontaire des émotions fortes qui vous animent. Vous vous regarderez atteint par l'émotion forte.

Installez-vous comme pour une méditation : un endroit calme, assis en tailleur ou en position zazen ou sur une chaise.

Ensuite, concentrez-vous sur votre respiration quelques minutes. Imaginez-vous dans une salle de cinéma. Vous vous voyez dans la cabine de projection et, de la cabine, vous vous observez assis(e) dans la salle. Vous vous observez en train de regarder un vieux film en noir et blanc de la situation émotionnelle forte dans laquelle vous êtes acteur (actrice) bien évidemment.

Vous visualisez la scène passée et vous vous observez animé(e) par cette émotion forte, comment elle vous transforme ou non, ses effets sur votre comportement et sur votre corps. Le fait de regarder la scène qui se déroule en noir et blanc indique qu'elle a déjà quitté le champ du présent, donc qu'elle ne fait plus partie du moment.

Ensuite, visionnez la scène en couleur où vous êtes acteur (actrice) de la même situation que dans le film en noir et blanc. Mais vous vous voyez donner une autre réponse émotionnelle que celle du film en noir et blanc. Une réponse adaptée à la situation. Dans cette scène, vous êtes calme, serein(e) et vous vous adaptez sans dommage.

Notez ci-dessous tous les effets que cet exercice produira sur vous et surtout, prenez conscience de ce qui se passe dans les scènes des deux films et ce qui se passe entre les acteurs. Essayez d'expliquer le pourquoi du déroulement de cette situation ou cet événement tel qu'il s'est passé dans chaque film. Tentez d'expliquer le débordement émotionnel et la nouvelle réponse donnée dans le film en couleur. Décrivez les effets sur vous et les autres de ce nouveau comportement.

....

....

....

....

....

....

....

....

Action du jour 15

Je choisis une action dans la liste ci-dessous et je la mets en pratique durant ma journée :

❑ Je contrôle ma « voix intérieure néfaste ».

❑ Je suis dans la gratitude.

❑ Je combats la résistance.

❑ Je gère mes peurs.

❑ Je suis confiant.

❑ Je reste dans le moment présent.

Pourquoi ai-je choisi cette action et comment est-elle vécue aujourd'hui ?

Évaluation quotidienne

Évaluez-vous de 1 à 10 sur les aspects suivants et expliquez vos choix de cotes :

Votre mental :

....

Vos émotions :

....

L'état de vos pensées :

....

Vos peurs :

....

Votre bien-être général/progression :

....

Jour 16

Je combats quoi ?

Mon intention du jour :

....

....

La victoire que je veux remporter ce jour :

....

....

Bonne action du jour 16

Aujourd'hui, ma bonne action est :

....

Réalisée ? Oui/non

Si non, pourquoi ?

Si oui, résultats ?

Le mot de l'auteure

Les conflits intérieurs comme la haine, la honte, la tentation, la colère, la peur, la cupidité, les émotions fortes, les pulsions, etc., sont puissants. Ils se manifestent par le truchement de la « petite voix néfaste ». Celle-ci vous pousse insidieusement à satisfaire une pulsion, à réagir impulsivement à un événement extérieur, à vous dévaloriser, etc. Mais si vous ne savez pas quoi combattre, étant donné que vous n'avez pas identifié vos conflits intérieurs, vous êtes comme

Don Quichotte combattant des moulins à vent. Tous les exercices de ce livre vous dirigeront vers un apprivoisement de vos tiraillements intérieurs et leur apaisement.

Si combattre (aller à l'encontre ou repousser profondément) n'est pas la solution adéquate, s'ouvrir à la transformation et accueillir vos tiraillements intérieurs avec compassion mènera à de meilleurs résultats. Tout ce qui se cache au fond de vous ne va pas nécessairement refaire surface. Ce qui se manifestera contiendra les indices de ce que vous avez à régler. Néanmoins, il y a un combat à mener, celui contre vous-même, contre la résistance, celui du courage et de la persévérance pour comprendre et rencontrer vos conflits.

Le conseil de l'auteure

Ne luttez pas pour étouffer les tiraillements intérieurs, mais observez-les, accueillez-les et acceptez-les comme faisant partie de votre histoire. C'est par l'acceptation et l'autocompassion que vous avancerez vers leur résolution.

Je combats « quoi » ?

La clarté ne naît pas de ce qu'on imagine le clair,
mais de ce qu'on prend conscience de l'obscur.

Carl Gustav Jung

Le goût de la haine s'évanouit et, dès qu'elle est nourrie,
la colère meurt : c'est la faim qui la rend intense.

Emily Dickinson

Si vous ne voyez pas encore clair en vous, n'abandonnez pas et persévérez !

Votre corps est le foyer de votre passé et des histoires de vos ancêtres. Lorsque vous écoutez votre corps, il vous parle et vous communique des informations. Souvent, les manifestations du corps sont le reflet des blessures des ancêtres que vous avez reprises à votre compte par loyauté ou sont, tout simplement, des signes de mal-être profondément ancré. Pour donner de la place à la sagesse du passé, il est nécessaire de s'approcher des origines de ces blessures, ce que je nommerai « les conflits de cœur », ces forces négatives intérieures pulsionnelles ou non.

Nous les combattons ou les ignorons, mais plus nous les combattons ou les ignorons, plus ces forces se renforcent, car elles se nourrissent de l'énergie déployée à les combattre ou à les ignorer. Ignorer demande des efforts mentaux importants. Il est donc beaucoup plus efficace de les amadouer et de les alimenter plutôt que de les affronter ou les ignorer. Lorsqu'un désir intense ou une pulsion surgit en vous, il devient difficile de les contenir. Cela vous ronge de l'intérieur jusqu'à leur satisfaction. Et une fois satisfaits et repus, ils se dissipent. Mais pour qu'ils se dissipent, ils doivent être ravitaillés adéquatement.

Par exemple, si un désir compulsif vous ronge, comme l'achat d'un objet cher que vous ne pouvez pas vous payer, et que vous achetez un substitut moins cher, cela ne vous satisfera pas. À un moment donné, vous essaierez d'acheter l'objet cher, et cela par n'importe quel moyen, même en vous endettant.

C'est pareil pour les conflits de cœur, ceux qui vous incitent à agir comme vous le faites et qui génèrent des émotions fortes. Ils réduisent votre liberté intérieure. Nous combattons généralement ce que nous ne maîtrisons pas. Cela nuit à notre énergie et nous empêche de nous épanouir. Mais combattre s'avère vain si nous ne savons pas quoi combattre ou si nous nous trompons de cible intérieure. Identifier les conflits de cœur est un travail indispensable.

Tout cela est aussi lié à votre rôle essayant de contenir ces énergies négatives. N'ayant plus la force de tout gérer, un jour, le masque du rôle éclate. La force du masque a ses limites.

De quels types de conflits parlons-nous ?

Il en existe plusieurs types : les conflits « extrinsèques » issus de l'environnement ; les conflits « intrinsèques » en provenance de l'intérieur ; ainsi que deux autres, dont il est nécessaire de se dégager : l'orgueil et l'égocentrisme.

Les conflits créés en interaction avec l'environnement sont, par exemple, les relations familiales ou professionnelles toxiques, les menaces ou dangers physiques, la violence physique, la peur de l'insécurité économique en période de crise, les phénomènes naturels extrêmes et dévastateurs et la peur ou l'insécurité qu'ils provoquent, la précarité économique, les épidémies, les préjugés, le racisme, le terrorisme, les guerres, etc. Tous ces phénomènes externes qui engendrent la peur minent l'espoir.

Les forces intérieures sont des émotions telles que la haine de soi et/ou des autres, l'agressivité, la colère, la honte, la culpabilité, mais également l'avidité, la cupidité, les peurs reliées à nos croyances, la confusion, les traumatismes, l'addiction, la dépendance, l'anxiété, le stress et d'autres bouleversements psychologiques, même temporaires. Ces forces intérieures qui se répandent à l'extérieur frappent directement notre environnement proche ainsi que l'humanité tout entière.

L'orgueil

L'orgueil est défini comme la valorisation excessive de ses propres capacités et mérites. Nous dénombrons trois types de personnalités orgueilleuses : les arrogants, les mégalomanes et les narcissiques. Elle est une forme exacerbée de fierté outrageusement excentrique, un excellent repère pour les personnes ayant un manque de reconnaissance, un sentiment d'insécurité intérieure et un besoin intense de l'appréciation de l'autre.

L'égocentrisme

L'égocentrisme est une distorsion du rapport à l'environnement. L'égocentrisme mène à se considérer comme le centre du monde à travers le jugement des autres. C'est croire que l'on est la première préoccupation des autres. Cela se traduit par :

- une grande importance accordée au regard, au jugement des autres ;
- une difficulté à s'identifier auprès des autres (source de questionnement, de complexes…) ;
- un déficit d'amour-propre et un manque de confiance en soi.

Par conséquent, l'égocentrique ne s'aime pas lui-même, mais s'aime à travers les autres. L'égocentrique peut également avoir l'impression de jouer un rôle important dans la vie des autres, positif ou négatif.

Pour mettre fin à tout cela, chaque individu devrait gérer ses propres tiraillements intérieurs. En vous rapprochant d'eux, vous pouvez en faire des alliés qui, en s'assagissant, ouvriront les portes d'une énergie positive nouvelle.

Vous pourrez vous détacher des émotions perturbatrices en vous attaquant à la souffrance génératrice de ces émotions dévastatrices. Vous pourrez retrouver votre vraie nature en vous libérant de la peur à travers la disparition des causes de votre souffrance.

Se connecter à ses conflits de cœur et s'entretenir avec eux est une ancienne technique tibétaine inspirée par les enseignements de Machik Labdrön et reprise par Tsultrim Allione dans son livre intitulé *Nourrir ses démons*. Nous en révélons la technique ci-dessous, légèrement modifiée. En voici les étapes :

- Identifiez l'endroit du corps où se loge le conflit. En médecine moderne, nous parlons de somatisation. La somatisation est la réaction corporelle liée directement au conflit psychique.
  - « Action de somatiser, c'est-à-dire être victime de troubles physiques qui sont directement liés à des troubles d'ordre psychologique, qui en découlent. » (L'Internaute français, dictionnaire français.)
  - Par exemple, le conflit peut se loger dans les intestins et provoquer des spasmes, voire des problèmes plus profonds, ou encore dans la tête et causer des migraines, etc.
- Découvrir ce dont le conflit a besoin pour disparaître en nous mettant à sa place, en devenant ce conflit.
- Le voir et le laisser se matérialiser en une image claire selon l'imagination.
- Imaginer que notre corps se transforme en une substance qui le nourrira, qui est ce dont le conflit a besoin pour se dissiper. Ensuite, il s'agit de se donner comme nourriture au conflit avec compassion, jusqu'à ce qu'il soit repu.

Quand il sera assouvi, nous constaterons que l'énergie qu'il mobilisait devient un allié. Cet allié nous protège, nous soutient et se dissout en nous. Cette potion pourrait être de l'amour pour nous-mêmes.

- Nous nous relaxons dans l'état de conscience de cette dissolution et dans le vide de soi.

Le fait de nourrir vos conflits ne les renforce pas. Au contraire, l'énergie qu'ils renferment vous redeviendra accessible. Et sans énergie, ils s'affaiblissent. Les émotions intenses enfermées se libèrent et deviennent bénéfiques.

Je ne combats pas les conflits de cœur, je les nourris pour en faire des alliés. En les nourrissant avec compassion et amour, vous aurez la chance d'accéder à votre potentiel, votre puissance intérieure dégagée. Les conflits sont l'ombre de vous-même, le Soi réprimé en chemin d'être conscientisé.

Avant de vous lancer dans ces exercices, il est important de vous concentrer sur vous-même : quels conflits de cœur nourrissent votre rôle ?

Partie 1 : trouvez vos « conflits de cœur »

Identifiez et listez dans un premier temps vos conflits de cœur et décrivez-les en quelques lignes. Quels sont-ils ? Quelles sont les conséquences de leurs agissements ? Que vous poussent-ils à faire, penser, dire ou sentir ? Quel est le besoin dissimulé derrière chacun d'eux ?

Par exemple, si votre conflit est un « désir » compulsif pour quelque chose, cherchez plus profondément ce qui est à la source de ce désir. Regardez au-delà du désir. Trouvez le problème attaché à ce désir. Découvrir ce qui se cache derrière le conflit pourra faciliter ce travail.

Pour en revenir à l'exemple du désir de l'objet cher évoqué plus tôt, cela peut compenser un problème de confiance en soi, de reconnaissance ou d'appartenance à une identité que l'objet pourra rééquilibrer provisoirement. Acheter l'objet ne va pas résoudre votre manque de confiance ou votre besoin de reconnaissance en vous, mais l'apaisera momentanément. Voici quelques autres types de conflits de cœur : une réaction violente vis-à-vis de quelqu'un, des peurs, une obsession, la colère, la haine, une dépendance, une addiction, une douleur, l'échec permanent…

Partie 2 : les exercices

Choisissez un « conflit de cœur » qui vous ronge et travaillez ce conflit par l'exercice en cinq étapes.

Pour mener à bien cette pratique de manière efficace, identifiez le besoin ou le problème sous-jacent de ce conflit. Certains conflits tenaces nécessitent de recommencer l'exercice quelques fois.

Pratique

Choisissez un espace qui vous convient, sécurisant et tranquille. Agencez l'espace avec deux coussins et placez-les l'un en face de l'autre. Cet exercice peut être effectué sur des chaises placées l'une en face de l'autre.

Au début, vous pourrez vous munir d'un aide-mémoire pour le déroulement de la séance, donc ne vous inquiétez pas si la première fois, cela ne s'est pas déroulé tout à fait comme prévu. Vous recommencerez l'exercice.

Après la séance, il sera primordial de tenir un journal de vos exercices pour noter les progrès, de surcroît si vous travaillez sur le même conflit plusieurs fois. Vous trouverez en annexe 4 les informations pour tenir ce journal.

Préparation

Phase 1

Installez-vous comme pour une méditation, mais avec deux coussins, tabourets de méditation ou chaises. Installez-vous sur un des deux coussins, l'autre étant destiné à votre conflit. Fermez les yeux et gardez-les fermés tout au long de la rencontre.

Respirez quelques fois profondément par le diaphragme. Ces respirations chasseront toute trace de stress, nervosité ou peur. Elles doivent être longues et calmes.

Vous sentez finalement votre corps relaxé, détendu, et votre esprit vidé et calmé.

Phase 2

Sondez votre motivation à cette pratique. Pourquoi faites-vous cela ? Qu'est-ce qui vous attend à l'issue de ces exercices ? La compassion qui doit vous animer est un maillon essentiel au bon déroulement de cet exercice. Si vous éprouvez de la compassion pour vous-même et pour les conflits concernés, la libération est imminente. Pour ce faire, reconnaissez et comprenez les conséquences des actions de ce conflit dans votre vie, sur vous et votre entourage.

Ayez une intention « humble » et compassionnelle à votre égard et à l'égard du monde qui vous entoure. Quittez votre ego et votre orgueil. Ce chemin mène vers la libération.

Étape 1

1. Choisissez le premier « conflit de cœur » que vous souhaitez résoudre. Le moyen pour y arriver est de vous poser quelques questions : qu'est-ce qui me tire vers le bas ? Qu'est-ce qui m'empêche d'être moi ? Quels événements concernés par ce conflit me déroutent au point de m'anéantir ? Reportez-vous au travail sur l'identification des conflits de cœur plus haut dans cette journée. Ayez le courage, une fois choisi, de l'affronter, car vous pourriez résister. Choisissez le conflit qui vous met au défi le plus fréquemment, le premier qui vous vient à l'esprit à la suite des questions ci-dessus.

2. Quand le conflit est identifié, ressentez la partie du corps interpellée à ce moment précis. Votre concentration sur l'écoute de votre corps est essentielle.

3. Ensuite, mettez-vous à l'écoute des sensations de votre corps. Où se cache le conflit ? Pour y arriver, vous pouvez penser à un événement récent durant lequel votre conflit de cœur a été actif. Dès que vous sentez votre corps réagir, intensifiez cette sensation pour bien la repérer, car c'est là que l'énergie du conflit est logée, c'est là que votre conflit se terre. Cela peut prendre un certain temps.

4. Observez le conflit dans sa cachette corporelle. Comment est-il ? Sa couleur, sa forme, sa densité, sa texture, son langage, etc.

Étape 2

1. Invitez le conflit à se matérialiser sur le coussin devant vous (gardez les yeux fermés). Cela peut prendre la forme d'un animal, d'un individu, d'un objet, etc. Laissez votre inconscient faire ce travail, n'influencez pas la création de l'image. Laissez-la surgir spontanément. Laissez votre inconscient donner un visage à cette incarnation. Si une forme ou un objet se manifeste, demandez à votre conflit de se matérialiser en un être vivant. Soyez en mesure de le décrire : sa taille, son apparence, sa couleur, éventuellement son âge, son sexe, son état émotionnel… A-t-il des membres ? Quelle est la couleur de ses yeux, de sa peau ? Qu'éprouvez-vous en l'observant ? Dès que l'image est nette, entrez en communication visuelle avec lui. Quelle est l'expression de son regard ? Que percevez-vous ? Décrivez-le mentalement. Revenez à l'image originale si d'autres images viennent perturber votre vision.
2. Demandez au conflit ce dont il a besoin en posant ces trois questions : qu'attends-tu de moi ? De quoi as-tu besoin chez moi ? Comment te sentiras-tu après avoir obtenu ce dont tu as besoin ?

Étape 3

Pour savoir ce dont votre conflit a besoin, vous devez devenir votre conflit, vous devez l'incarner.

Changez de coussin avec lui et prenez sa place, vous êtes devenu votre conflit. Remémorez-vous ce qu'il était, comment il était, et incarnez-le. Devenez ce conflit ! Vous êtes alors totalement dans sa peau, vous êtes lui. Imaginez maintenant la personne que vous étiez et voyez-la en face de vous. Vous êtes devenu votre conflit assis(e) en face de vous.

Dans cette métamorphose, répondez aux trois questions ci-dessous, à voix haute, à la première personne du singulier :

- Ce que je veux de toi est…
- Ce dont j'ai besoin de toi est…
- Quand j'aurai obtenu ce dont j'ai besoin, je me sentirai…

Ne confondez pas les désirs avec les besoins. Les besoins sont vitaux, les désirs non. Pour bien estimer ce dont vous avez besoin, consultez la charte des besoins en annexe 3 en préparant l'exercice.

Si votre problème est l'alcool, ne confondez pas votre désir d'alcool avec le besoin profond de reconnaissance, d'amour, de sécurité ou de sérénité. La potion pour abreuver votre conflit sera donc un de ces éléments.

Étape 4

1. Nourrir le conflit du cœur

Vous avez obtenu les réponses de votre conflit. Reprenez votre place initiale, face à votre conflit. Le moment est venu de le nourrir.

Vous vous retrouvez à votre place et le conflit est en face de vous, sur le coussin que vous venez de quitter. Prenez votre temps pour vous réintégrer et pour visualiser votre conflit devant vous sur la chaise. Reconstituez l'image nette de ce qu'il était.

Lorsque vous êtes prêt(e), séparez votre esprit de votre corps et votre esprit deviendra l'observateur de la scène qui suit. Vous imaginez votre esprit/conscience quitter votre corps par le sommet de la tête. Vous pouvez donner une image à votre esprit pour vous aider à le matérialiser.

Votre esprit imaginera ensuite votre corps (tout en restant déconnecté totalement du corps) se désintégrer et devenir la substance (qui peut être liquide, gazeuse, solide, etc.) qui nourrira votre conflit, cette « nourriture » qu'il demande. Regardez cette dissolution. Ensuite, regardez par l'esprit le conflit se nourrir, se remplir complètement de cette substance inépuisable. Peut-être la boira-t-il, la dévorera-t-il, ou la respirera-t-il ? Ou même, se baignera-t-il dedans ? Laissez votre imagination faire ce travail. La façon dont le conflit se sentira après sera elle aussi le fruit de votre imagination.

Vous devrez imaginer l'état du conflit à la suite des réponses aux deux premières questions. Si nous revenons à l'exemple de l'alcool, il veut de l'alcool, oui, mais en fait, ce qu'il veut réellement, c'est de la sécurité, il veut se sentir en paix, sa potion est le sentiment de bien-être, de paix intérieure.

À la troisième question, il voudra se sentir digne et respecté, par exemple.

Observez bien le conflit pendant cette étape cruciale. Observez les changements.

2. Rencontrer l'allié

Votre conflit de cœur devient un allié. Son énergie défectueuse devient positive pour vous. Votre conflit a disparu au profit d'une nouvelle incarnation en une énergie puissante qui peut prendre une nouvelle forme.

À son tour, cet allié se matérialisera selon votre imagination. S'il ne se matérialise pas après la dissolution de votre conflit, provoquez sa venue en lui demandant d'apparaître. Il deviendra apparent tel que votre conflit l'a été.

Puis recommencez l'exercice avec l'allié et demandez-lui :

- Comment va-t-il vous aider, vous protéger ?
- Comment prendra-t-il soin de vous ?
- Quel engagement va-t-il prendre vis-à-vis de vous ?
- Comment pouvez-vous compter sur lui quand vous en aurez besoin ?

Changez de coussin pour obtenir les réponses. En revanche, vous n'allez pas le nourrir, mais plutôt imaginer et matérialiser l'aide qu'il va vous apporter. Ressentez cette énergie nouvelle en vous qui vous renforce !

Ensuite, l'allié et vous ne faites plus qu'un. Ressentez cette fusion profondément.

L'allié est un atout. Il peut être appelé à n'importe quel moment difficile que vous rencontrez en appelant l'image qu'il incarne.

Étape 5

Votre conflit de cœur est désintégré et vous avez fusionné avec votre allié. Il est maintenant nécessaire de reposer votre conscience. Faites le vide intérieur et ressentez la paix intérieure. Cet état méditatif relaxant engendre l'absence de toutes perturbations mentales. Vous êtes dans le moment, dans le « vide de soi ».

Recommencez l'exercice plusieurs fois si nécessaire et faites-le pour chaque conflit de cœur. Certains conflits sont plus persistants, vous devrez être patient et recommencer l'exercice. Prenez du temps pour élaguer le cœur de vos conflits. Ne passez pas à d'autres conflits tant que le premier n'est pas totalement dissolu. Ces exercices peuvent prendre du temps. Prenez-le ! Ne lésinez pas sur la pratique de ces exercices, car ils ne deviendront efficaces qu'en les répétant.

Et si vous sentez des changements, écrivez-les dans votre journal.

Vous vous direz que cet exercice est difficile. Vous avez raison, mais surtout, ne vous arrêtez pas à penser que vous n'y arriverez pas, mais pensez plutôt aux résultats effectifs et positifs que vous obtiendrez. À ce stade de votre vie, rien n'est insurmontable étant donné votre motivation.

Continuez le cheminement dès que vous sentez un changement intérieur et une nouvelle énergie en vous pour aller de l'avant.

Faire face à la résistance

La résistance est une poussée intérieure forte, néfaste et perfide qui vous mène à l'éloignement de vous et de ce qui est pourtant nécessaire à faire pour affronter le « coût du passage » (voir jour 6). Elle se nourrit de votre peur et tue votre motivation. Elle vous pousse à procrastiner et vous mène sur les chemins de la distraction. Bien évidemment, vous pouvez avoir envie de résister, et cela est normal et acceptable. La résistance devient nocive quand elle s'installe plus profondément et devient une routine.

La motivation n'est pas tous les jours au rendez-vous. Sachez-le et acceptez-le.

La résistance ne peut pas être vue, touchée,
entendue ou sentie. Mais cela peut être ressenti.
Nous l'expérimentons comme un rayonnement de champ
d'énergie provenant d'un « travail en potentiel ».
C'est une force répulsive. C'est négatif. Son objectif
est de nous éloigner, de nous distraire,
de nous empêcher de faire notre travail.

EXTRAIT DU LIVRE *THE ART OF WAR*, DE STEVEN PRESSFIELD

Pour faire face à la résistance persistante, il est nécessaire, déjà, de l'identifier comme étant de la résistance. Lorsqu'elle est démasquée, sa puissance décroit rapidement. Si malgré tout, elle persiste pour cet exercice, imaginez votre conflit satisfait devenant votre allié. À quoi ressemblerait-il ? Il vous donnera confiance pour aller de l'avant.

Pour se remettre au travail après avoir débusqué la résistance, il faut faire appel à la motivation intrinsèque. Remémorez-vous pourquoi vous faites ce travail ! Imaginez les résultats possibles, la vie telle quelle sera à l'issue de ce cheminement. Raccrochez-vous à la visualisation des résultats positifs. Acceptez ce qui vous arrive sans peur pour avancer.

Action du jour 16

Je choisis une action dans la liste ci-dessous et je la mets en pratique durant ma journée :

❑ Je contrôle ma « voix intérieure néfaste ».

❑ Je suis dans la gratitude.

❑ Je combats la résistance.

❑ Je gère mes peurs.

❑ Je suis confiant.

❑ Je reste dans le moment présent.

Pourquoi ai-je choisi cette action et comment est-elle vécue aujourd'hui ?

Évaluation quotidienne

Évaluez-vous de 1 à 10 sur les aspects suivants et expliquez vos choix de cotes :

Votre mental :

....

Vos émotions :

....

L'état de vos pensées :

....

Vos peurs :

....

Votre bien-être général/progression :

....

Jour 17

Je traque

Mon intention du jour :

....

....

La victoire que je veux remporter ce jour :

....

....

Bonne action du jour 17

Aujourd'hui, ma bonne action est :

....

Réalisée ? Oui/non

Si non, pourquoi ?

Si oui, résultats ?

Le mot de l'auteure

Vos conflits de cœur sont désintégrés (en tous les cas, vous y travaillez) et vos alliés libèrent une énergie puissante. Quel effet cela fait-il sur votre vie de constater que vous pouvez apprivoiser vos ennemis intérieurs et les gérer ? Vous avez compris que vous êtes le maître à bord et que vous pouvez choisir de bouger ou pas ! Mais comment se fait-il que spontanément, nous ne bougions pas, que l'intervention de quelqu'un soit nécessaire ?

Simplement du fait de notre formatage. D'où l'importance de l'apprentissage de la vie, les lectures, les rencontres avec des personnes qui peuvent vous ouvrir à vous. Mais pour que cela ait de l'impact, il est indispensable d'accepter ce qui se produit.

Le conseil de l'auteure

À ce stade du travail, l'acceptation de ce qui vous arrive est nécessaire pour ne pas être victime de la résistance.

Afin de faciliter cette étape, je vous propose un moment de répit. Trouvez une oreille bienveillante et de confiance, même étrangère à votre vie, qui sera disponible pour vous écouter.

Et demandez à cette personne de vous aider à accepter cette nouvelle réalité si vous en ressentez le besoin. Ne restez jamais seul dans ces moments difficiles.

Je traque

Quel conflit de cœur se cache dans votre rôle ?

Les résultats des exercices du jour 16 se révèlent. Vous commencez à comprendre certains processus mentaux, et cela vous libère. Vous prenez conscience que ces processus sont extérieurs à vous et qu'ils envahissent l'intégralité de votre vie.

Le moment est venu de tout relier et surtout d'identifier les causes et les acteurs qui ont participé à la déchéance de vos conflits.

Exercice : répondez aux questions suivantes

Quels conflits de cœur étaient entretenus par mon rôle ? Pourquoi ?

....

....

....

Qui, ou quoi, entretenait mon ou mes conflits de cœur ? Expliquez.

....

....

....

Quelles sont les possibles conséquences de la dissolution de mon ou mes conflits de cœur ?

- Pour moi ?

....

....

....

- Pour mon environnement ?

....

....

....

- Pour les acteurs impliqués ?

....

....

....

Que vais-je mettre en place pour me protéger des protagonistes ou des événements déclenchants ?

....

....

....

La traque des conflits de cœur récidivistes

Vous avez pu constater que se débarrasser d'un conflit de cœur demande du temps et de la volonté. Ce combat ne se joue pas en un jour. Les exercices proposés devront probablement être réitérés. Que cela ne vous décourage pas, vous êtes sur le bon chemin et l'abandon n'est pas une option !

Alors, comment traquer ces conflits récidivistes ?

1. Renforcez votre relation avec vos alliés. Visualisez l'image que vous leur avez donnée le plus fréquemment possible dans des situations difficiles, afin de vous nourrir de leur énergie.

2. Visualisez le plus fréquemment possible les transformations positives de la désintégration des conflits de cœur en composant des victoires « visuelles » que vous pourrez rappeler quand vous en aurez besoin. Dans l'exemple de l'alcool, par exemple, visualisez un moment où vous avez été capable de refuser un verre d'alcool, et savourez cette belle victoire.

3. Évitez d'être en contact avec les éléments déclencheurs des actions de ces conflits de cœur (que ce soient des situations ou des personnes) jusqu'à leur complète désintégration.

4. Si vous sentez qu'une situation ou une personne déclenche quelque chose malgré tout, réagissez immédiatement en bloquant l'impact par l'appel visuel de l'allié concerné.

Je traque un conflit de cœur récidiviste

A. Quel est ce conflit ?

B. Quel est mon allié ?

C. Quelle est l'image que j'associe à cet allié ?

D. Quelle transformation positive ai-je constatée à la suite de la désintégration du conflit concerné ici ?

E. Comment puis-je visualiser cette victoire sur moi-même ?

F. Quelle situation ou quelle personne est le déclencheur de mon conflit ?

G. Comment puis-je résister à ces éléments déclencheurs ?

Action du jour 17

Je choisis une action dans la liste ci-dessous et je la mets en pratique durant ma journée :

- ❑ Je contrôle ma « voix intérieure néfaste ».
- ❑ Je suis dans la gratitude.
- ❑ Je combats la résistance.
- ❑ Je gère mes peurs.
- ❑ Je suis confiant.
- ❑ Je reste dans le moment présent.

Pourquoi ai-je choisi cette action et comment est-elle vécue aujourd'hui ?

Évaluation quotidienne

Évaluez-vous de 1 à 10 sur les aspects suivants et expliquez vos choix de cotes :

Votre mental :

....

Vos émotions :

....

L'état de vos pensées :

....

Vos peurs :

....

Votre bien-être général/progression :

....

Jour 18

Préparation/anticipation

Mon intention du jour :

....

....

La victoire que je veux remporter ce jour :

....

....

Bonne action du jour 18

Aujourd'hui, ma bonne action est :

....

Réalisée ? Oui/non

Si non, pourquoi ?

Si oui, résultats ?

Le mot de l'auteure

Dans le processus de changement, être prêt(e) à changer et à comprendre une situation n'est pas suffisant.

John Fischer propose huit états qui suivent l'impact de ce que vous allez probablement découvrir avec les exercices de ce livre :

1. l'anxiété qui s'ensuivra, ou le déni, la résistance ;
2. le bonheur de la perspective du changement ;

3. la peur de l'inconnu ;
4. la menace que cela représente pour notre sécurité ;
5. la désillusion ou la culpabilité ;
6. la dépression ou l'hostilité ;
7. l'acceptation progressive ;
8. l'action : l'envie d'aller de l'avant et de consommer le changement.

Le conseil de l'auteure

Certaines découvertes durant les exercices ont dû nécessairement provoquer des réactions en vous. Suivez les étapes et tentez de sentir comment vous pourriez réagir à chaque stade et expliquez vos réactions.

Préparation/anticipation

Exercice

Faites l'exercice de suivre la démarche des étapes de John Fischer et essayez d'anticiper vos réactions.

- L'anxiété qui s'ensuivra, le déni et la résistance : pourquoi pourriez-vous résister ? Qu'est-ce que vous avez du mal à accepter ?

....

....

....

- Le bonheur de la perspective du changement. Comment sentez-vous ce bonheur à venir ?

....
....
....

- La peur de l'inconnu. Qu'est-ce qui vous fait réellement peur ? Qu'est-ce que vous avez peur de ne pas maîtriser ?

....
....
....

- La menace que cela représente pour votre sécurité. Définissez votre sécurité. De quoi avez-vous besoin pour vous sentir en sécurité ?

....
....
....

- La désillusion ou la culpabilité. Expliquez pourquoi vous ressentiriez un de ces deux aspects ? Vis-à-vis de qui ?

....
....
....

- La dépression ou l'hostilité. Expliquez. Qu'est-ce qui vous bloquerait ? Ou bien qu'est-ce qui vous empêcherait d'aller de l'avant ?

....
....
....

- L'acceptation progressive. Quel est le possible déclencheur de votre acceptation ?

....
....
....

- L'action : l'envie d'aller de l'avant et de consommer le changement. Comment envisagez-vous le changement ? Qu'est-ce qui nourrirait votre motivation ?

....

....

....

Récapitulatif : identifiez les relations en boucle de cause à effet dans vos relations

Si j'agis selon mon rôle, quels sont les types de réponses que j'obtiens en retour ?

....

....

....

Pourquoi est-ce important pour moi d'obtenir ces réponses ? Que me prouvent-elles ou que me procurent-elles ?

....

....

....

Si je rejette mon rôle, que se passe-t-il ? Quels sont les risques ? Comment réagira mon environnement ?

....

....

....

Qu'est-ce que cela va changer ? Pour qui ?

....

....

....

Qu'est-ce qui va changer pour moi ? Pourquoi ?

....

....

....

Bon, et à quoi ça sert, tout ça ?

À reconstituer le modèle de votre réalité pour mieux visualiser la situation dans laquelle vous évoluez et détecter les interactions complexes de jeux relationnels… et à sortir des cercles vicieux et toxiques actifs dans vos relations. Ce sont ces cercles vicieux toujours actifs qui sont à la base de la création de votre personnalité superficielle et qui font partie intégrante de votre rôle ou vos rôles encore actuels.

Si vous observez vos structures, vous pourrez constater que ces cercles vicieux existent peut-être dans chacune d'elles. Si c'est le cas, vous êtes encore éloigné(e) de vous-même. En revanche, si ces cercles vicieux n'existent que dans une partie de vos structures, votre personnalité profonde est encore en connexion avec votre personnalité superficielle, toujours enfouie dans certaines circonstances qu'il s'agira d'identifier. N'hésitez pas à refaire certains exercices si nécessaire.

Trois actions d'identification des rouages de cause à effet de votre « rôle » structurel

1. À l'aide de ce que vous maîtrisez et de ce que vous ne contrôlez pas (jour 14), cherchez la situation problématique liée au rôle que vous endossez et traduisez cela dans une structure (se rapporter également à l'exercice du jour 3 : l'identification de la situation problématique).

2. Repérez les actions sur lesquelles il est le plus simple d'agir pour rééquilibrer le phénomène, tout en vous rappelant qu'**on ne peut pas faire changer les autres** et que c'est donc *à partir de 99 % de vous-même* que doit partir toute démarche de résolution.
3. Passez à l'action ! (Exercice du jour 16)

Schéma des interactions entre mon rôle et mon environnement : ces interactions sont-elles saines ou toxiques ?

Qu'est-ce qui définit mon rôle ? Quelles circonstances ?

....

....

....

Qu'implique mon rôle ? Qu'implique mon rôle chez le membre « partenaire » de mon rôle ?

....

....

....

Que me fait subir mon rôle ?

....

....

....

Comment est-ce que je me sens dans ce qu'il me fait subir ?

....

....

....

Qu'est-ce que mon rôle implique chez les autres membres ?

....

....

....

Toxique ou non ? Pour qui ?

....

....

....

Qu'est-ce que je ne contrôle pas ?

....

....

....

Trouvez les interactions dans chacune des structures et comparez-les pour dégager un schéma.

Ce que mon rôle me dicte	Les réponses reçues de mon environnement	Mes réponses ?

Action du jour 18

Je choisis une action dans la liste ci-dessous et je la mets en pratique durant ma journée :

❏ Je contrôle ma « voix intérieure néfaste ».

❏ Je suis dans la gratitude.

❏ Je combats la résistance.

❏ Je gère mes peurs.

❏ Je suis confiant.

❏ Je reste dans le moment présent.

Pourquoi ai-je choisi cette action et comment est-elle vécue aujourd'hui ?

Évaluation quotidienne

Évaluez-vous de 1 à 10 sur les aspects suivants et expliquez vos choix de cotes :

Votre mental :

....

Vos émotions :

....

L'état de vos pensées :

....

Vos peurs :

....

Votre bien-être général/progression :

....

Jour 19

Stratégie de changement de rôle : je plaque mon rôle

Mon intention du jour :

....

....

La victoire que je veux remporter ce jour :

....

....

Bonne action du jour 19

Aujourd'hui, ma bonne action est :

....

Réalisée ? Oui/non

Si non, pourquoi ?

Si oui, résultats ?

Le mot de l'auteure

L'action est le maillon déclencheur du changement. Le saviez-vous ? Lire, écouter, participer passivement à des séminaires, des formations, suivre une thérapie passive, etc., ne mènera pas à grand-chose si vous n'y associez pas l'action. Comprendre est la première pierre de l'édifice, puis accepter. Ensuite, seulement, il est possible d'agir !

Vous voici arrivé au niveau de l'acceptation. Si vous passez ce cap, l'action sera naturelle. En revanche, si vous rencontrez encore de la résistance, vous devez travailler davantage vos exercices. Peut-être pensez-vous à ce stade que devenir heureux en 30 jours est illusoire. N'oubliez pas ce qui vous a motivé à vous procurer ce livre : n'était-ce pas pour changer et justement accéder au bonheur ?

Le conseil de l'auteure

Lorsque nous décidons d'arrêter de tergiverser et de nous poser trop de questions, nous libérons l'action. Si vous persistez dans la rationalisation intense de votre situation, vous n'agirez pas. Stoppez l'analyse intense, les pensées incessantes et prenez la décision ultime de passer à l'action.

Stratégie de changement : je plaque mon rôle

Le temps est venu de commencer à construire le changement. Cependant, il n'est pas question de changer de rôle, mais plutôt d'incarner qui vous êtes profondément.

Vous pensez que reconstruire votre vie nécessite des sacrifices. Des sacrifices qui seront réalisés pour une perspective nouvelle et positive. En réalité, les sacrifices n'en sont pas. Ils ont l'air de s'apparenter à de la souffrance, mais cette souffrance préexiste déjà à l'intérieur de vous, profondément enfouie. Le sacrifice évoqué ici est celui d'accepter de quitter une sécurité dépendante, illusoire, toxique, destructive et incarnée par votre rôle et voir qu'elle vous fait souffrir. Ce n'est donc pas un sacrifice à proprement parler, mais plutôt une étape à franchir : *l'acceptation de la prise de responsabilité de sa propre destinée en acceptant les possibles conséquences pour les autres et pour soi-même.* Car ce que vous êtes devenu est la conséquence de ce que les autres ont besoin que vous soyez. Sans ce que vous étiez, ils n'existent plus et pourraient s'effondrer. Ils se nourrissent de ce que vous êtes ou plutôt de ce qu'ils ont façonné chez vous. Si vous quittez votre rôle, ils perdront peut-être leur équilibre. Sachez-le ! D'autres, en revanche, pourraient évoluer à leur tour. À vous de choisir : vous sauvez vous-même ou sauvez ceux qui vous empêchent d'évoluer, ceux qui volent votre vie en quelque sorte. Que décidez-vous ?

Un système évolue. Vous pouvez changer vos comportements en connaissant ou non les nouvelles réponses. Les autres membres ont deux choix : refouler vos nouveaux comportements et camper sur leur position, ou s'adapter. Mais sachez que vous avez tout à gagner à devenir vous-même.

Quitter son rôle revient à devenir SOI ! Un rôle ne sert qu'à combler un besoin chez l'autre. Vous agissez de manière X et la réponse conforte Y. C'est la raison de vivre d'un rôle. Les exercices des jours précédents vous ont mis sur la piste d'indices par rapport à votre rôle dans vos systèmes environnementaux. Le but réel est de créer une nouvelle systémique, un nouveau modèle en choisissant de nouveaux comportements issus de votre vraie personnalité. Passez à l'action !

Exercice : passez à l'action !

Que se passe-t-il si je change quelque chose dans un de mes systèmes en rapport avec ce que je ne contrôle pas ?

Mettez en œuvre les possibles changements dans chacun de vos systèmes en faisant réagir virtuellement les membres de ce système et en évaluant les conséquences pour vous et pour le système (se référer à l'exercice « Ce que je ne contrôle pas » du jour 14).

Nom du système

Problème identifié : ....
Avec quel(s) membre(s) du système : ....
Cause : ....
Effet négatif : ....
Solution/action : ....
Conséquence positive pour moi : ....
Conséquence pour le système : ....

Nom du système :

Problème identifié : ....
Avec quel(s) membre(s) du système : ....
Cause : ....
Effet négatif : ....
Solution/action : ....
Conséquence positive pour moi : ....
Conséquence pour le système : ....

Nom du système :

Problème identifié : ....
Avec quel(s) membre(s) du système : ....
Cause : ....
Effet négatif : ....
Solution/action : ....
Conséquence positive pour moi : ....
Conséquence pour le système : ....

Nom du système :

Problème identifié : ....
Avec quel(s) membre(s) du système : ....
Cause : ....
Effet négatif : ....
Solution/action : ....
Conséquence positive pour moi : ....
Conséquence pour le système : ....

Nom du système :

Problème identifié : ....
Avec quel(s) membre(s) du système : ....
Cause : ....
Effet négatif : ....
Solution/action : ....
Conséquence positive pour moi : ....
Conséquence pour le système : ....

Action du jour 19

Je choisis une action dans la liste ci-dessous et je la mets en pratique durant ma journée :

- ❑ Je contrôle ma « voix intérieure néfaste ».
- ❑ Je suis dans la gratitude.
- ❑ Je combats la résistance.
- ❑ Je gère mes peurs.

❑ Je suis confiant.

❑ Je reste dans le moment présent.

Pourquoi ai-je choisi cette action et comment est-elle vécue aujourd'hui ?

Évaluation quotidienne

Évaluez-vous de 1 à 10 sur les aspects suivants et expliquez vos choix de cotes :

Votre mental :

....

Vos émotions :

....

L'état de vos pensées :

....

Vos peurs :

....

Votre bien-être général/progression :

....

Jour 20

Protocole 2

Mon intention du jour :

....

....

La victoire que je veux remporter ce jour :

....

....

Bonne action du jour 20

Aujourd'hui, ma bonne action est :

....

Réalisée ? Oui/non

Si non, pourquoi ?

Si oui, résultats ?

Le mot de l'auteure

Quel chemin parcouru ! Si vous contemplez ce chemin depuis le premier jour de ce cheminement, n'êtes-vous pas fier(e) de vous-même ? De votre ténacité ? De votre courage ?

La difficulté s'amenuise au fur et à mesure que vous avancez et que vous vous comprenez à travers le dénouement et l'acceptation. Le travail fourni est énorme et vous en récoltez déjà les fruits. N'est-ce pas gratifiant ? Certainement, même si des zones d'ombre persistent. Mais ce qui est acquis, c'est que vous comprenez les rouages de votre cerveau et de votre formatage. La clef est là. Et surtout, vous comprenez que votre liberté est à portée de main. Car vous seul pouvez vous libérer du carcan mental. Je dis bien *mental*, car tout vient de VOTRE MENTAL.

Alors, vous avez saisi que si vous n'êtes pas heureux(se), cela provient de votre mental. Être heureux est donc un état d'esprit. Cela paraît compliqué, mais il s'agit d'un état d'esprit qui vous libérera au fur et à mesure de ces pages. Rien n'est jamais fini, mais continuer à avancer est indispensable !

Le conseil de l'auteure

La joie des premiers pas dans le changement est immense lorsque nous comprenons et admettons que nous sommes à la base de ces pas. À ce stade, regardez votre progression, réjouissez-vous de cette avancée dans votre vie et acceptez d'aller encore plus loin.

Protocole 2

Tout est réuni pour passer à l'étape supérieure. L'accomplissement est un cheminement.

Voici votre protocole n° 2 à ajouter au protocole 1 encore en cours (voir votre calendrier de travail dans l'annexe 1) :

1. Ne plus incarner mon rôle dans mes différents systèmes sans peur des conséquences pour les systèmes en question, en conscientisant les conséquences positives pour moi (exercice du jour 19) ;
2. Traquer mes conflits de cœur récidivistes et les approcher par l'exercice du jour 17.

PARTIE 3

JOURS 21 À 30

Ma vie

Il n'y a pas de plus grande agonie que de porter une histoire inconnue en toi.

MAYA ANGELOU

Quels sont mes rêves ?
Chacun de mes rêves cache un talent.

DOMINIQUE VAN ACKER

Trouver votre passion n'est pas seulement une question de carrière et d'argent. Il s'agit de trouver votre moi authentique. Celui que vous avez enterré sous les besoins des autres.

KRISTIN HANNAH

L'espérance de vie dans nos pays se situe aux alentours de 80 ans en moyenne. Les maladies « mentales » (de l'esprit) affecteraient une personne sur cinq, et **une sur trois** si l'on se réfère à la prévalence sur la vie entière. Selon les derniers chiffres, **38 % de la population européenne** serait atteinte d'une maladie mentale au cours des douze derniers mois. On qualifie de maladies mentales ici le burnout et la dépression, qui engendrent une souffrance importante. Chaque année, plus de 350 millions de personnes souffriraient de dépression dans le monde. La dépression et le burnout sont souvent des signes de désespoir face à la vie.

Le but de cette troisième partie est de vous aider à franchir une étape nécessaire afin d'accéder à l'équilibre mental et physique. Car si le bonheur existe, il aide à préserver cet équilibre.

Cette troisième partie est dédiée à votre vie, à comment faire vivre VOTRE histoire, celle qui vous mènera vers le bonheur. L'organiser pour installer le bonheur au quotidien est une priorité. Mais surtout, il s'agit de vous aider à vous sentir « Vous ». Que faire pour être et rester vous-même ? Cela ne signifie pas que les problèmes n'existent plus, mais que vous allez les aborder d'une manière différente.

Combien d'années de souffrance mentale, de tristesse ou de mal-être pouvez-vous comptabiliser à ce jour ? 50 % de votre vie totale ou plus ? Le fait de comptabiliser toute cette souffrance peut vous amener à réaliser que non seulement chaque moment est unique, mais qu'il est vite perdu si vous vous attardez trop sur le temps qui passe. Chaque moment vous forge et vous renforce dans un sens ou un autre.

N'est-il pas temps de comptabiliser les moments de bonheur ? Vous en avez certainement, mais les voyez-vous vraiment ? Et si vous n'en voyez pas, il est temps d'ouvrir les yeux et de comprendre que votre bonheur se réalise même à travers de petites choses. Le bonheur est un état d'esprit nourri par l'harmonie corps/esprit/conscience. Le bonheur est la liberté de constater que certains aspects de votre vie ne vous correspondent pas ou plus, et qu'il est devenu impératif d'y remédier, sous peine de se perdre encore davantage. Le bonheur ne se mérite pas, il est tout simplement naturel.

Certains outils interviennent dans le processus de l'élaboration du « bonheur », comme votre volonté, votre pensée active, votre intelligence ainsi que votre intuition, vos émotions et vos instincts. Ces outils se nomment vos « référentiels ». Et votre programmation a pu développer ou annihiler certains de ces référentiels, au détriment de votre bonheur. Ce sont des forces antinomiques qui s'affrontent à l'intérieur, une bataille entre le mental formaté et la véritable personnalité, ou personnalité profonde. Cette bataille intérieure est le noyau du mal-être. Le mal-être tue l'espoir, le réalisme, la créativité, la volonté et la concentration. Il perturbe cette faculté que nous avons de faire le vide serein en nous. Lorsque la machine commence à dérailler, les émotions s'exacerbent, l'état mental se dégrade, le mal-être s'installe de manière plus permanente et l'espoir nous abandonne progressivement.

La bonne nouvelle, c'est que tout le travail effectué jusqu'à ce jour a ravivé un certain nombre d'outils et de référentiels. Vous vous surprenez à rêver, à imaginer. Vous êtes animé(e) par un sentiment d'espoir de changement, votre volonté s'est accrue et vous êtes concentré(e) sur votre route. Vous sentez cette énergie nouvelle envahir votre corps et votre esprit, ce qui vous propulse vers l'avant. Certains exercices vous ont remis sur la voie de l'écoute de votre corps, de votre mental, et vous avez appris à accéder à l'état de vide serein.

Vous ressentez un désir de vivre et une cohésion naissante avec vous-même. Vous êtes sur la voie de la résurrection de votre personnalité profonde. Vous manifestez enfin de l'amour pour vous-même. Vous vous respectez, et quelque chose de nouveau se prépare en vous. Nous y voici !

Dressez la liste complète des petits bonheurs quotidiens qui vous réconfortent sans même y réfléchir. Cela peut être de prendre quelqu'un dans les bras, venir en aide à quelqu'un, s'adonner à une petite coutume qui fait plaisir ou à une activité qu'on aime, etc., et expliquez pourquoi cela vous rend heureux. Expliquez comment ils deviennent positifs pour vous après les avoir identifiés.

1 : ....
2 : ....
3 : ....
4 : ....
5 : ....
6 : ....
7 : ....

Jour 21

Motivation et besoins

Mon intention du jour :

....

....

La victoire que je veux remporter ce jour :

....

....

Bonne action du jour 21

Aujourd'hui, ma bonne action est :

....

Réalisée ? Oui/non

Si non, pourquoi ?

Si oui, résultats ?

Le mot de l'auteure

Chaque année, de nouvelles initiatives voient le jour. Que ce soient de nouvelles idées de projets, de nouvelles habitudes, de bonnes résolutions comme le sport, l'hygiène de vie, etc. Souvent, cela ne dure pas. De nombreuses études démontrent que les nouvelles habitudes ou résolutions sont majoritairement abandonnées au bout d'un mois. Alors que la nouvelle idée de projet avorte à travers des excuses toutes faites, l'hygiène de vie s'efface au profit du plaisir immédiat et du confort mental (comme manger des sucreries, car cela active la dopamine, l'hormone du plaisir). Quant au sport, la fatigue et le stress quotidien en font leur affaire.

Pourquoi toutes ces bonnes résolutions ne tiennent-elles pas ? Simplement par manque de conviction et de motivation profonde. Le cerveau est une machine sophistiquée, et il lui faut davantage qu'une simple envie du moment pour accepter de faire un travail complémentaire, qui exige une dose importante d'énergie.

Le conseil de l'auteure

Ne prenez pas les bonnes résolutions à la légère. Surtout, ne prenez pas de bonnes résolutions au Nouvel An !

Pour décupler votre motivation intrinsèque, prenez connaissance du carburant nécessaire pour nourrir votre motivation : vos besoins. À ne pas confondre avec vos désirs.

Pour développer votre motivation, vous devez connaître l'état réel de vos besoins. Nous avons parlé plus haut des motivations « extrinsèques » et « intrinsèques ». Ce qui nous occupe ici, c'est la motivation intrinsèque, celle que vous pouvez développer et produire par vous-même. Et non celle de l'« extérieur », pour laquelle vous cultivez une dépendance sans laquelle vous sombrez.

Motivation et besoins : identifier mes besoins

Vous allez créer une charte de besoins qui, s'ils sont bien identifiés, vous aideront à fixer votre motivation intrinsèque. Une fois les fondements de cette motivation mis en place, votre faculté d'automotivation deviendra puissante, puis s'automatisera avec le temps.

Lorsque les besoins sont identifiés, ils deviennent le carburant de la motivation. Les satisfaire procure du bonheur. Ils deviennent alors le carburant du plaisir !

Les besoins seront instables et nébuleux si vous effectuez ce travail sur la base des traits de votre personnalité superficielle. Si les besoins sont mal identifiés, une relation faite de frustrations s'établira avec le monde. La vie ne doit pas être une longue suite de frustrations.

Le but de ce travail est de découvrir l'essence de qui vous êtes. L'objectif est d'identifier les besoins connectés à votre vraie personnalité. Une fois vos besoins bien identifiés, ils deviendront vos compagnons de route tout au long de votre existence. Cela n'empêche pas que certains d'entre eux puissent néanmoins évoluer, comme un besoin de reconnaissance. Mais la base sera durable.

Vous trouverez une liste des besoins et leur explication dans l'annexe 3.

Exercice

Choisissez dans la liste de l'annexe 3 vos besoins par ordre de priorité et expliquez en quoi ils sont importants pour vous et pour les choix que vous allez faire pour votre vie.

- Besoin n° 1 :

  ....

  Que dois-je faire pour satisfaire ce besoin ?

  ....

  ....

- Besoin n° 2 :

  ....

Que dois-je faire pour satisfaire ce besoin ?

....

....

- Besoin n° 3 :

....

Que dois-je faire pour satisfaire ce besoin ?

....

....

- Besoin n° 4 :

....

Que dois-je faire pour satisfaire ce besoin ?

....

....

- Besoin n° 5 :

....

Que dois-je faire pour satisfaire ce besoin ?

....

....

Action du jour 21

Je choisis une action dans la liste ci-dessous et je la mets en pratique durant ma journée :

❑ Je contrôle ma « voix intérieure néfaste ».

❑ Je suis dans la gratitude.

❑ Je combats la résistance.

❑ Je gère mes peurs.

❑ Je suis confiant.

❑ Je reste dans le moment présent.

Pourquoi ai-je choisi cette action et comment est-elle vécue aujourd'hui ?

Évaluation quotidienne

Évaluez-vous de 1 à 10 sur les aspects suivants et expliquez vos choix de cotes :

Votre mental :

....

Vos émotions :

....

L'état de vos pensées :

....

Vos peurs :

....

Votre bien-être général/progression :

....

Jour 22

Ma nouvelle histoire

Mon intention du jour :

....

....

La victoire que je veux remporter ce jour :

....

....

Bonne action du jour 22

Aujourd'hui, ma bonne action est :

....

Réalisée ? Oui/non

Si non, pourquoi ?

Si oui, résultats ?

Le mot de l'auteure

Se sentir neuf rend puissant. Remémorez-vous la dernière fois que vous avez ressenti une énergie puissante en vous. Était-ce grâce à un nouveau travail, un nouveau départ affectif, une nouvelle rencontre, un nouveau projet, une nouvelle voiture, une nouvelle allure, etc. ? Se sentir régénéré est un élan vers la vie, c'est une dynamique positive. Qu'importe le moyen utilisé, l'important, c'est l'énergie qui s'en dégage.

Le conseil de l'auteure

N'hésitez pas à renouveler souvent cette sensation, même à travers de petites choses. Cela revigore, comme une bouffée d'air pur, décuple l'énergie et donne un nouvel élan au quotidien.

Ma nouvelle histoire

Voici le moment le plus important de ce livre : vous allez construire votre nouvelle histoire sur la base de tout ce que vous avez dégagé des catacombes de votre inconscient via les exercices précédents. Vous allez construire votre nouvelle vie.

L'histoire que vous allez créer doit vous raconter tel(le) que vous vous êtes découvert(e) et ce que vous allez accomplir avec cette nouvelle et véritable version de vous-même. Prenez le temps de réfléchir à votre vie avec lucidité.

Ce nouveau parcours vous mènera à vous et à vous seul(e). Cela ne veut pas dire qu'il faut exclure votre environnement. Il a fait partie de votre parcours jusqu'à ce jour et peut encore en faire partie si vous le désirez, avec certains changements. Rappelez-vous la partie sur les systèmes et leur faculté d'évolution. Du fait du comportement d'un des acteurs, toute modification dans un système peut amener des changements chez les autres acteurs de ce même système, ou l'inverse, bien évidemment. Positivez cette partie du travail dédiée au changement et le reste suivra.

Réécrire son histoire ne veut pas dire renier l'ancienne. L'ancienne histoire vous a forgé(e) et vous a permis d'arriver jusqu'ici. Et c'est cette histoire-là qui vous a conduit vers ce livre. C'est elle qui activera nécessairement votre nouvelle histoire. Et cette nouvelle histoire sera celle qui ouvrira les portes de votre bonheur et de celui de votre descendance.

Exercice

Ce nouveau « Vous » étant défini et vos besoins identifiés, votre moteur motivationnel étant en route, le temps est venu de raconter votre nouvelle histoire. Nous ne parlons plus ici du passé, mais de VOTRE HISTOIRE à venir, celle qui façonnera votre nouvelle vie de manière éclairée.

Bien sûr, vous vous demanderez ce que vous allez écrire et comment. Soyez confiant(e) et foncez ! Prenez le temps qu'il faut.

....

....

....

....

Action du jour 22

Je choisis une action dans la liste ci-dessous et je la mets en pratique durant ma journée :

❑ Je contrôle ma « voix intérieure néfaste ».

❑ Je suis dans la gratitude.

❑ Je combats la résistance.

❑ Je gère mes peurs.

❑ Je suis confiant.

❑ Je reste dans le moment présent.

Pourquoi ai-je choisi cette action et comment est-elle vécue aujourd'hui ?

Évaluation quotidienne

Évaluez-vous de 1 à 10 sur les aspects suivants et expliquez vos choix de cotes :

Votre mental :

....

Vos émotions :

....

L'état de vos pensées :

....

Vos peurs :

....

Votre bien-être général/progression :

....

Jour 23

Mission/vision/valeurs

Mon intention du jour :

....

....

La victoire que je veux remporter aujourd'hui :

....

....

Bonne action du jour 23

Aujourd'hui, ma bonne action est :

....

Réalisée ? Oui/non

Si non, pourquoi ?

Si oui, résultats ?

Le mot de l'auteure

La souffrance endurée est la source de l'éveil. La souffrance est également la source de ce que la vie peut mettre en place pour chacun de nous. Riche d'enseignements et d'expérience, elle est un puissant terreau de bonheur. À travers elle, nous apprécions la vie dans ses moindres recoins. Cela ne veut pas dire que les personnes n'ayant pas connu la souffrance ne peuvent accéder au bonheur. Elles apprécieront le bonheur d'une autre manière. Cela reste du bonheur.

Le conseil de l'auteure

Ne blâmez pas votre passé et la souffrance qui en découle, mais commencez à la comprendre, parce qu'elle deviendra le fondement de votre vie et votre épanouissement. Elle est même une opportunité pour sortir de l'ombre.

Mission/vision/valeurs/talents

Pouvez-vous envisager de vivre dans la vacuité totale, sans but ? Vivre en ne sachant pas pourquoi ? Vivre pour survivre, ou uniquement pour le plaisir éphémère, sans lendemain ? Si la souffrance a fait partie de votre vie, vous comprenez le mot « survivre ». Est-ce une raison pour vivre dans le néant ?

Une mission de vie est une raison de vivre. Si vous observez le règne animal, la mission est limpide : la survivance, la procréation, le jeu et l'amour. L'amour anime tous les êtres vivants. Un des bienfaits des réseaux sociaux est de nous montrer à quel point l'amour est une constante chez les animaux. Et chez les humains ?

Sans se poser la question de savoir si l'humain est plus évolué ou non que l'animal, il est un fait qu'à travers la conscience humaine, durant notre vie, nous avons l'opportunité de choisir une mission qui dépasse l'instinct. Quelle peut être cette mission ? La réponse est dans votre souffrance. Tout ce que vous avez vécu est l'essence d'une mission. Tony Robbins (motivateur américain bien connu) a vécu dans une famille sans ressources. Son père était alcoolique et ne s'occupait pas de sa famille. À 12 ans, il faisait du porte-à-porte pour vendre des babioles, afin de gagner un peu d'argent pour la famille. Il raconte qu'une année, à Noël, ils n'avaient rien à manger. Une personne est venue sonner à leur porte munie de victuailles. Ce jour-là, il s'est juré que sa mission serait d'aider des familles à maigres ressources. Aujourd'hui, sa fondation fournit des repas à des millions de familles aux États-Unis. Sa mission est née de sa souffrance. Des exemples comme celui-ci, il y en a beaucoup.

Ma mission est d'ouvrir votre conscience à votre mission et vous aider à comprendre que votre souffrance est un don de l'univers, pour qu'à votre tour, vous puissiez vous éveiller et prendre conscience de votre propre mission de vie.

Une mission ne prend de grandeur qu'accompagnée de valeurs et d'une vision. Les valeurs sous-tendent la mission, et la vision représente sa mise en œuvre. La vision est en quelque sorte la mise au grand jour de la mission, sa concrétisation. La vision, c'est le rêve.

L'équation mission/vision/valeurs ne fonctionne pas sans « talent ». Pourquoi est-ce important de valoriser les talents ? Tout simplement, car ils sont le meilleur véhicule pour la mission, sa vision et ses valeurs. Découvrir son ou ses talents mène au bonheur. Imaginez-vous mettre en œuvre un talent qui vous ouvre la porte vers votre mission de vie. Quel plus beau cadeau l'univers pourrait-il vous faire ? Un talent est un élan spontané vers quelque chose. C'est un puits sans fond pour la créativité et la spontanéité.

Chercher son ou ses talents ?

Le moyen le plus simple est de retourner dans votre enfance et de retrouver les petites choses qui vous procuraient du plaisir. Celles pour lesquelles votre concentration et votre enthousiasme étaient au rendez-vous et qui vous paraissaient faciles. Celles que vous faites bien et desquelles vous ne parvenez pas à vous détacher facilement lorsque vous les pratiquez.

Si cette démarche vous semble difficile, un autre moyen est d'imaginer ce que vous feriez si vous ne deviez pas pourvoir à vos besoins ou ceux de votre famille en travaillant comme vous le faites.

Quels sont mes talents ? Pourquoi est-ce que je pense que ce sont des talents ?

....

....

....

Exercices

A. Mission

Énoncez clairement en une phrase votre mission de vie et expliquez-la :

....

....

....

B. Vision

Quelle est la vision qui sous-tend votre mission ?

....

....

C. Valeurs

Quelles sont les valeurs qui renforcent votre mission et votre vison ?

....

....

....

Action du jour 23

Je choisis une action dans la liste ci-dessous et je la mets en pratique durant ma journée :

- ❏ Je contrôle ma « voix intérieure néfaste ».
- ❏ Je suis dans la gratitude.
- ❏ Je combats la résistance.
- ❏ Je gère mes peurs.
- ❏ Je suis confiant.
- ❏ Je reste dans le moment présent.

Pourquoi ai-je choisi cette action et comment est-elle vécue aujourd'hui ?

Évaluation quotidienne

Évaluez-vous de 1 à 10 sur les aspects suivants et expliquez vos choix de cotes :

Votre mental :

....

Vos émotions :

....

L'état de vos pensées :

....

Vos peurs :

....

Votre bien-être général/progression :

....

Jour 24

Maquette de vie

Mon intention du jour :

....

....

La victoire que je veux remporter ce jour :

....

....

Bonne action du jour 24

Aujourd'hui, ma bonne action est :

....

Réalisée ? Oui/non

Si non, pourquoi ?

Si oui, résultats ?

Le mot de l'auteure

Jeunes, nous n'imaginons pas notre vie. Nous profitons jour après jour de ce que le quotidien nous propose. Le rôle de l'éducation est de préparer les individus à la vie. Mais pas seulement. Elle aide aussi à choisir sa vie. Mais l'éducation fait fausse route lorsque des parents imposent à leurs enfants des choix qu'en réalité ils souhaitent pour eux-mêmes. La direction de vie imposée à l'enfant est donc un miroir des rêves parentaux.

Définis selon une certaine éducation et devenus jeunes adultes, ces derniers ressentent la frustration d'accomplir toute leur vie des actions qui les rendent malheureux parce que cela ne leur correspond pas. Conscient(e) de cette réalité, il n'est jamais trop tard pour aller piocher à l'intérieur de vous-même et faire ressortir votre vrai potentiel, source de bonheur.

Le conseil de l'auteure

Arrivé(e) à l'aube de réaliser la maquette de votre vie, vous pourriez bloquer face à cette nouvelle étape qui exige une prise de décision importante. Prenez le temps d'y réfléchir. Cette étape cruciale révélera l'affranchissement de votre ancien formatage et l'accueil de votre autonomie.

Maquette de vie

Qu'est-ce qu'une maquette ? C'est « un projet plus ou moins poussé destiné à définir la structure » de quelque chose (Larousse). C'est le but de cette journée. Vous allez créer la maquette de votre vie future à l'aide de votre nouvelle histoire et des données recueillies lors des exercices de ce livre. Que doit contenir cette maquette ? Comment la concevoir ?

Théodore Roosevelt a dit : « Commencez ce que vous pouvez, avec ce que vous avez, là où vous êtes ». Rien ne sert de tout bouleverser du jour au lendemain. Un changement, ça se prépare. Le changement s'organise progressivement et ne s'effectue pas sur un coup de tête. L'impulsivité ne peut que mener à des erreurs fatales.

La première étape sera de prendre des décisions. Et c'est maintenant qu'il faut les prendre, même si votre perspective est encore incertaine ou nébuleuse. Les décisions prises à ce stade seront les plus durables. Mais comment éviter le doute et la peur ? Car vous vous dites : « Je ne suis pas prêt(e) ». Mais alors, vous ne serez jamais prêt(e). Par exemple, évitez les questions du genre : « Si je quitte mon boulot, comment vais-je m'en sortir ? » Si vous prenez la décision de ne pas quitter votre travail avant une date donnée, vous aurez le temps de chercher un nouveau travail ou de mettre en place le projet auquel vous pensez sans paniquer.

La prise de décision est une étape majeure dans le processus de changement. Et c'est le propos de la réalisation de cette maquette de vie.

Plus le temps s'écoule entre le moment de la décision d'acheter ce livre de travail et le souhait de devenir heureux, moins vous agirez. L'indice de maintien du cap est la maquette de vie contenant vos décisions, les étapes et le timing pour y arriver.

Pour prendre les bonnes décisions, se connaître est l'atout majeur.

Exercices

A. Mes décisions majeures

Listez ci-dessous vos nouvelles décisions majeures, celles qui vont transformer votre vie, et expliquez les raisons de cette prise de décision :

Décision 1 : ....
Décision 2 : ....
Décision 3 : ....
Décision 4 : ....
Décision 5 : ....

B. Diagnostic de mes décisions majeures

Comment savoir si vous prenez les bonnes décisions ?

La première étape est d'écouter votre intuition, elle vous aidera à prendre les bonnes décisions. L'intuition est la première impulsion ressentie avant la mise en route de la pensée. C'est la sensation intérieure perceptible qui envahit votre corps au moment précis où vous pensez à prendre cette décision.

Ensuite, pour chaque décision, évaluez ce qui vous retient et ce qui vous attire. C'est la technique « de l'élastique » : quand un dilemme se présente, que faire ? Ce qui vous retient et ce qui vous attire sont deux postulats positifs qui valent mieux que « le pour et le contre ». Finalement, selon le postulat choisi, vous restez en paix avec la décision prise. En fonction des résultats, reconsidérez votre décision si nécessaire.

Faites ce travail pour chaque décision.

Décision 1

Ce qui m'attire :

....

....

Ce qui me retient :

....

....

Décision 2

Ce qui m'attire :

....

....

Ce qui me retient :

....

....

Décision 3

Ce qui m'attire :

....

....

Ce qui me retient :

....

....

Décision 4

Ce qui m'attire :

....

....

Ce qui me retient :

....

....

Décision 5

Ce qui m'attire :

....

....

Ce qui me retient :

....

....

Quels sont les besoins (voir jour 21) qui soutiennent ces décisions finales ? Expliquez.

1 : ....

2 : ....

3 : ....

4 : ....

5 : ....

Action du jour 24

Je choisis une action dans la liste ci-dessous et je la mets en pratique durant ma journée :

❑ Je contrôle ma « voix intérieure néfaste ».

❑ Je suis dans la gratitude.

❑ Je combats la résistance.

❑ Je gère mes peurs.

❑ Je suis confiant.

❑ Je reste dans le moment présent.

Pourquoi ai-je choisi cette action et comment est-elle vécue aujourd'hui ?

Évaluation quotidienne

Évaluez-vous de 1 à 10 sur les aspects suivants et expliquez vos choix de cotes :

Votre mental :

....

Vos émotions :

....

L'état de vos pensées :

....

Vos peurs :

....

Votre bien-être général/progression :

....

Jour 25

Décisions/objectifs

Mon intention du jour :

....

....

La victoire que je veux remporter ce jour :

....

....

Bonne action du jour 25

Aujourd'hui, ma bonne action est :

....

Réalisée ? Oui/non

Si non, pourquoi ?

Si oui, résultats ?

Le mot de l'auteure

Pendant des années, j'ai attendu que ma vie change,
mais maintenant, je sais que c'était elle
qui attendait que moi, je change.

Fabio Volo

Vivre, c'est changer ! Et changer, c'est vivre ! Votre vie et votre bonheur sont à portée de main. Vous l'aurez compris, votre bonheur, vous en êtes responsable à travers quelques décisions qui le mettront sur votre route. Reste à cultiver les décisions pour y arriver. Suffiront-elles à cultiver votre bonheur ? Non. Construire la maquette de votre vie pour la mettre en œuvre et maintenir un état d'esprit adéquat le fera.

Le conseil de l'auteure

N'attendez pas pour agir. Rappelez-vous, le changement sans l'action n'aboutira pas vraiment. Des décisions isolées sans actions n'agiront pas d'elles-mêmes.

Décisions/objectifs

Les ingrédients pour réaliser une maquette de vie sont :

- Les décisions majeures : celles qui donnent les grandes directions au changement ;
- Les objectifs qui renforcent les décisions ;
- Les étapes pour chaque objectif ;
- La planification de chaque étape ;
- Le respect et la mise en œuvre de tout cela.

Commençons avec la fixation des objectifs. Une décision n'aboutira pas sans objectifs. Ceux-ci existent pour renforcer les décisions et leur donner vie. Par exemple, si vous prenez la décision de perdre 10 kg en trois mois et que vos objectifs sont de suivre un régime calorique et de faire un jogging trois fois par semaine, puis de maintenir le cap en courant une fois par semaine après la perte de ces 10 kg, votre décision tombera immanquablement en désuétude si vous ne respectez pas ces objectifs.

C'est pareil pour toutes les grandes décisions que vous allez prendre. Imaginons qu'une des grandes décisions est de monter votre propre projet. Fixer les objectifs donnera du corps à cette décision, ils la dirigeront vers la réussite.

Dans l'exercice qui suit, vous allez vous fixer deux objectifs pour chaque décision prise. Vous pouvez en fixer davantage si vous le souhaitez, mais remémorez-vous que fixer des objectifs est l'exécution de votre décision à long terme. Soyez vigilant(e), car plus vous fixerez d'objectifs, plus le cheminement sera difficile. Il est préférable de fixer deux objectifs principaux à long terme et de travailler par actions dans la partie « Plan d'action ».

Exercices

A. Fixez deux objectifs pour chaque décision majeure prise

Détaillez vos choix d'objectifs.

Décision majeure 1

Objectifs :
1. ....
2. ....

Décision majeure 2

Objectifs :
1. ....
2. ....

Décision majeure 3

Objectifs :

1. ....

2. ....

Décision majeure 4

Objectifs :

1. ....

2. ....

Décision majeure 5

Objectifs :

1. ....

2. ....

B. Mesurer mes objectifs

Je vous propose le modèle SMART (intelligent) – PURE – CLEAR (clair).

S	Spécifique	*Justesse objectif*		C	Compéhensible
M	Mesurable	P	Positif	L	Légal
A	Atteignable	U	Entendu	E	Écrit
R	Réaliste	R	Pertinent	A	Approprié
T	Temporeel	E	Ethique	R	Reconnu

SMART (intelligent)

Spécifique : définir votre objectif grâce à la méthode du « Qui ? Quoi ? Où ? Quand ? Combien ? Comment ? Pourquoi ? »

Mesurable : déterminer les « indicateurs » de l'atteinte de votre objectif. Comment saurez-vous que vous avez atteint votre objectif ?

Atteignable : ai-je déjà atteint un objectif similaire ? Ai-je les ressources nécessaires ? Est-ce possible d'atteindre cet objectif ?

Réaliste : êtes-vous mûr(e) pour cet objectif ? Les conditions sont-elles réunies ? Êtes-vous prêt(e) ?

Temporel : le temps alloué et vos capacités sont-ils adaptés ? À quel moment saurez-vous que votre objectif est atteint ?

PURE

Positif : qu'est-ce que cela va vous apporter de positif, de constructif ? L'issue sera-t-elle positive ?

Entendu : est-ce compris de tous les acteurs de votre environnement ?

Pertinent : est-ce pertinent pour votre changement et pour l'accès à votre bonheur ?

Éthique : est-ce dans le respect de vos valeurs ?

CLEAR (clair)

Compréhensible : est-ce clairement et simplement formulé ?

Légal : est-ce dans le respect de votre environnement et des personnes concernées ?

Écrit : votre objectif est-il lisiblement énoncé pour que vous puissiez vous y référer à tout moment ?

Approprié : est-ce adapté à votre situation ? Évaluez vos options.

Reconnu : est-ce reconnu, identifié par tous les acteurs impliqués ?

Révisez l'ensemble de vos objectifs à l'aide du tableau et des explications ci-dessus. Stipulez par oui ou non si chaque objectif est conforme au modèle « SMART-PURE-CLEAR ».

Décision majeure 1

Objectifs :

1. ....
2. ....

Décision majeure 2

Objectifs :

1. ....
2. ....

Décision majeure 3

Objectifs :
1. ....
2. ....

Décision majeure 4

Objectifs :
1. ....
2. ....

Décision majeure 5

Objectifs :
1. ....
2. ....

Retravaillez ceux pour lesquels vous avez obtenu un NON, jusqu'à leur conformité au modèle.

C. Visualisation de vos objectifs

Les changements que vous apporterez dans votre vie, vous allez les vivre, les sentir, les palper, les entendre, les goûter et les VOIR ! Ils doivent créer des émotions afin qu'ils puissent accéder à votre conscience, imprégner votre corps et influencer positivement votre mental. Ils doivent façonner votre bonheur au quotidien. Vivez vos objectifs, imaginez-les.

Comment faire ?

1. Sélectionnez une image (photo, dessin) qui correspond à chacun de vos objectifs. Ceux qui se sentent de taille peuvent dessiner leurs objectifs. Pour chacun, sélectionnez une seule image expressive, démonstrative de votre objectif.
2. Pour chaque objectif, repérez une émotion positive adaptée (vous trouverez en annexe 7 une liste d'émotions) au sujet de cet objectif.
3. Pour chaque objectif, désignez un mot adapté (inspirez-vous de l'annexe 6, « Mots/mots inspirants »).
4. Fixez ce que cet objectif vous inspire : cela peut être une musique ou un son, un décor ou paysage, un objet à palper, une odeur.

Action du jour 25

Je choisis une action dans la liste ci-dessous et je la mets en pratique durant ma journée :

❑ Je contrôle ma « voix intérieure néfaste ».

❑ Je suis dans la gratitude.

❑ Je combats la résistance.

❑ Je gère mes peurs.

❑ Je suis confiant.

❑ Je reste dans le moment présent.

Pourquoi ai-je choisi cette action et comment est-elle vécue aujourd'hui ?

Évaluation quotidienne

Évaluez-vous de 1 à 10 sur les aspects suivants et expliquez vos choix de cotes :

Votre mental :

....

Vos émotions :

....

L'état de vos pensées :

....

Vos peurs :

....

Votre bien-être général/progression :

....

Jour 26

Plan d'action

Mon intention du jour :

……………………………………………………………………

……………………………………………………………………

La victoire que je veux remporter ce jour :

……………………………………………………………………

……………………………………………………………………

Bonne action du jour 26
Aujourd'hui, ma bonne action est :

……………………………………………………………………

Réalisée ? Oui/non
Si non, pourquoi ?
Si oui, résultats ?

Le mot de l'auteure

Lorsque nous sommes confrontés à une situation difficile, la meilleure réponse est l'action. Si vous n'agissez pas, la situation se dégradera et deviendra embarrassante à un moment donné. Vous avez tous au moins vécu ce type de situation : par exemple, laisser trainer une facture impayée, laisser une personne malveillante entrer dans votre vie, etc. Et que faisons-nous ? Nous fuyons ! Nous fuyons ce qui nous pose un problème. Ensuite, cela devient vite ingérable. C'est pareil dans votre vie. La routine ou certaines mauvaises habitudes s'installent, et le fait de ne pas réagir vous plonge dans un gouffre parfois tellement profond qu'il est difficile d'en sortir. Mais il ne sera jamais trop tard pour agir. Si vous prenez les devants, les solutions seront accessibles. C'est pareil pour votre vie. Qu'importe les habitudes prises, tout peut changer grâce à l'action.

Le conseil de l'auteure

L'action est un remède miracle. Vous le constaterez bien vite. Une action en amène une autre et je peux vous assurer que l'action est addictive !

Vous voici face à vos décisions et vos objectifs. Quel effet cela vous fait-il d'avoir été capable de prendre des décisions qui donneront un tournant décisif à votre quotidien, à votre vie ? Mesurer les objectifs va de pair avec leur concrétisation. C'est l'étape cruciale.

Plan d'action

Peut-être avez-vous maintes fois pris des résolutions qui se sont rapidement volatilisées ? Ce qu'il manquait à vos résolutions, c'était la motivation (vous la connaissez), la constance de l'action et surtout un plan. Mais même le plan peut ne pas suffire. Si vos objectifs sont irréalistes, vous laisserez rapidement tomber vos résolutions.

La solution : un plan d'action réaliste soutenu par des objectifs tous aussi réalistes. Et surtout accessibles. Imaginez que vous souhaitiez bâtir un nouveau projet sur la base de votre passion et de votre talent. Vous ne quitterez pas votre travail immédiatement sans garanties. La première étape sera d'accepter de continuer votre travail dans d'autres conditions mentales, ensuite de construire votre projet pas à pas, jusqu'au moment où vous serez prêt(e) pour le grand saut. En d'autres mots, comme un architecte, vous construirez la maquette de votre idée en même temps qu'un plan d'action.

Qu'est-ce qu'un plan d'action ? C'est le plan d'un cheminement. Ce livre est un plan d'action. Par exemple, si vous décidez d'aller en excursion, vous choisissez un lieu puis vous vous procurez une carte topographique et vous préparez le matériel nécessaire.

Vous programmez l'excursion : l'heure de départ, l'heure d'arrivée à l'endroit choisi, les moments d'arrêt, les visites touristiques éventuelles, les repas, etc. Pour le plan de votre vie, c'est pareil. Au fur et à mesure que vous avancerez dans votre plan d'action, vous stipulerez l'atteinte de vos objectifs avec les % suivants :

- 0 % est le départ : rien n'a été réalisé pour atteindre l'objectif.
- 25 % : un quart du travail a été réalisé.
- 50 % : le travail restant à réaliser est équivalent au travail déjà effectué.
- 75 % : trois quarts du travail ont été réalisés.
- 100 % : l'objectif est atteint.

Élaborez ci-dessous le plan complet par décision.

Décision 1 : plan

Décision : ....
Objectifs : ....
Actions :
1. ....
2. ....
3. ....
4. ....
5. ....
Résultats attendus pour chaque action :
1. ....
2. ....
3. ....
4. ....
5. ....
Progression réalisation décision 1 + expliquez :
0 % : ....
25 % : ....
50 % : ....
75 % : ....
100 % : ....
Vous détaillerez chaque étape ci-dessous :
Action 1 : ....
Étapes :
....
....
Action 2 : ....
Étapes :
....
....

Action 3 : ....
Étapes :
....
....
Action 4 : ....
Étapes :
....
....
Action 5 : ....
....
Étapes :
....
....

Décision 2 : plan

Décision : ....
Objectifs : ....
Actions :
1. ....
2. ....
3. ....
4. ....
5. ....

Résultats attendus pour chaque action :
1. ....
2. ....
3. ....
4. ....
5. ....

Progression réalisation décision 1 + expliquez :
0 % : ....
25 % : ....
50 % : ....
75 % : ....
100 % : ....
Vous détaillerez chaque étape ci-dessous :
Action 1 : ....
Étapes :
....
....
Action 2 : ....
Étapes :
....
....
Action 3 : ....
Étapes :
....
....
Action 4 : ....
Étapes :
....
....
Action 5 : ....
....
Étapes :
....
....

Décision 3 : plan

Décision : ....
Objectifs : ....
Actions :
1. ....
2. ....
3. ....
4. ....
5. ....
Résultats attendus pour chaque action :
1. ....
2. ....
3. ....
4. ....
5. ....
Progression réalisation décision 1 + expliquez :
0 % : ....
25 % : ....
50 % : ....
75 % : ....
100 % : ....
Vous détaillerez chaque étape ci-dessous :
Action 1 : ....
Étapes :
....
....
Action 2 : ....
Étapes :
....
....

Action 3 : ....
Étapes :

....

....

Action 4 : ....
Étapes :

....

....

Action 5 : ....

....

Étapes :

....

....

Décision 4 : plan

Décision : ....
Objectifs : ....
Actions :
1. ....
2. ....
3. ....
4. ....
5. ....

Résultats attendus pour chaque action :
1. ....
2. ....
3. ....
4. ....
5. ....

Progression réalisation décision 1 + expliquez :
0 % : ....
25 % : ....
50 % : ....
75 % : ....
100 % : ....
Vous détaillerez chaque étape ci-dessous :
Action 1 : ....
Étapes :
....
....
Action 2 : ....
Étapes :
....
....
Action 3 : ....
Étapes :
....
....
Action 4 : ....
Étapes :
....
....
Action 5 : ....
....
Étapes :
....
....

Décision 5 : plan

Décision : ....

Objectifs : ....

Actions :

1. ....
2. ....
3. ....
4. ....
5. ....

Résultats attendus pour chaque action :

1. ....
2. ....
3. ....
4. ....
5. ....

Progression réalisation décision 1 + expliquez :

0 % : ....

25 % : ....

50 % : ....

75 % : ....

100 % : ....

Vous détaillerez chaque étape ci-dessous :

Action 1 : ....

Étapes :

....

....

Action 2 : ....

Étapes :

....

....

Action 3 : ....
Étapes :
....
....
Action 4 : ....
Étapes :
....
....
Action 5 : ....
....
Étapes :
....
....
....

Action du jour 26

Je choisis une action dans la liste ci-dessous et je la mets en pratique durant ma journée :

❑ Je contrôle ma « voix intérieure néfaste ».

❑ Je suis dans la gratitude.

❑ Je combats la résistance.

❑ Je gère mes peurs.

❑ Je suis confiant.

❑ Je reste dans le moment présent.

Pourquoi ai-je choisi cette action et comment est-elle vécue aujourd'hui ?

Évaluation quotidienne

Évaluez-vous de 1 à 10 sur les aspects suivants et expliquez vos choix :

Votre mental :

....

Vos émotions :

....

L'état de vos pensées :

....

Vos peurs :

....

Votre bien-être général/progression :

....

Jour 27

Timing et ligne du temps

Mon intention du jour :

....

....

La victoire que je veux remporter ce jour :

....

....

Bonne action du jour 27

Aujourd'hui, ma bonne action est :

....

Réalisée ? Oui/non

Si non, pourquoi ?

Si oui, résultats ?

Le mot de l'auteure

Laisser le temps faire son travail n'est pas une solution. Pourquoi ? Parce que c'est une solution de facilité. Si je me conforte à l'idée que suivre le mouvement suffira pour atteindre ce que je souhaite, je ne fournirai aucun effort pour renforcer ma détermination. La routine de l'attente se dirigera sur un chemin de plus en plus désert. Je défends l'idée que le mouvement est un élément essentiel du développement, mais je réfute l'idée qu'il détermine tous les aspects de la vie.

Le seul déclencheur d'orientation du mouvement dans le mouvement sera l'intuition du moment opportun. Mais tous(tes) ne sont pas prêt(e)s à suivre leur intuition. Pour éviter la stagnation et combattre la résistance, il est bon de prendre les devants et de fixer soi-même le temps.

Le conseil de l'auteure

Le temps a toujours été mon allié, mais je ne l'ai pas laissé faire à sa guise. Je le combats dans le mouvement pour mieux avancer et suivre « mon » mouvement. Cela ne veut pas dire que je deviens le mouvement, mais plutôt que je l'apprivoise avec un soupçon de contrôle. Procédez de même.

Timing et ligne du temps

Vous l'aurez compris : prendre des décisions dans le vide ne vous mènera pas loin. Combler le vide à l'aide d'objectifs, d'actions est la solution pour maîtriser l'impact du vide. Vous êtes prêt(e) pour les décisions, vous avez les objectifs et le plan d'action. Reste donc le temps et sa gestion.

Le temps est un point de repère incontournable. Votre anniversaire est là pour vous rappeler votre naissance et votre âge. C'est donc un repère. Il vous situe dans l'avancement de votre vie, la vôtre uniquement. Votre vie est dès lors votre réalité personnelle. Imaginez la vie sans la notion de temps. Cela vous plairait-il ? Constatez-vous que vous avez besoin du temps pour vous situer par rapport aux choses ? Ou bien êtes-vous capable de fonctionner aussi libre que l'air sans aucune notion de calcul, quelle qu'elle soit ? Le calcul vous rapproche-t-il d'un but quelconque ? Lorsque vous vous approchez de la date d'un événement attendu, vous savez que vous allez le fêter. Cela vous angoisserait-il de ne pas savoir ? De vivre sans repères ? Les avis divergent. Pour le changement, il est assurément positif de calculer ! Car cela vous rapproche du bonheur et vous éloigne de la souffrance. D'où l'avantage de gérer le temps.

Aujourd'hui, je vous propose de gérer le temps de vos décisions. Plusieurs techniques existent. Voici le concept de la ligne du temps.

Dans la ligne du temps (figure 2), vous retrouvez les décisions majeures, les objectifs et les actions. Vous la trouverez agrandie dans l'annexe 5.

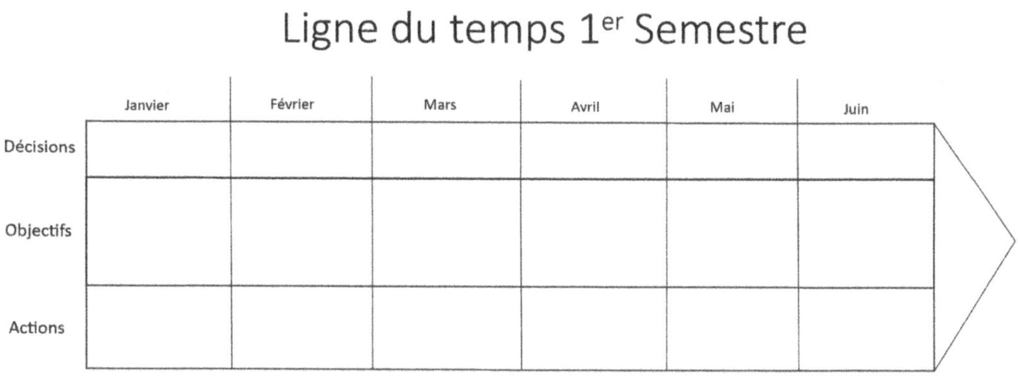

Figure 2 : exemple de ligne du temps

La ligne du temps est le reflet de votre personnalité. Elle doit être lisible, claire et montrer un timing.

Ébauchez votre propre ligne du temps ci-dessous et placez-y les grandes étapes de votre changement telles qu'elles apparaissent dans les exercices des jours précédents (sans les détailler davantage).

Créez séparément une ligne du temps complète, réaliste, claire et lisible contenant toutes vos décisions, les objectifs s'y rapportant, ainsi que votre plan d'action complet étape par étape. Prenez le temps nécessaire.

Action du jour 27

Je choisis une action dans la liste ci-dessous et je la mets en pratique durant ma journée :

- ❑ Je contrôle ma « voix intérieure néfaste ».
- ❑ Je suis dans la gratitude.
- ❑ Je combats la résistance.
- ❑ Je gère mes peurs.
- ❑ Je suis confiant.
- ❑ Je reste dans le moment présent.

Pourquoi ai-je choisi cette action et comment est-elle vécue aujourd'hui ?

Évaluation quotidienne

Évaluez-vous de 1 à 10 sur les aspects suivants et expliquez vos choix :

Votre mental :

....

Vos émotions :

....

L'état de vos pensées :

....

Vos peurs :

....

Votre bien-être général/progression :

....

Jour 28

Les outils de la persévérance dans le changement

Mon intention du jour :

....

....

La victoire que je veux remporter ce jour :

....

....

Bonne action du jour 28

Aujourd'hui, ma bonne action est :

....

Réalisée ? Oui/non

Si non, pourquoi ?

Si oui, résultats ?

Le mot de l'auteure

Le changement ne peut s'effectuer sans un but identifié et sans discipline pour le mener à bien. À l'issue de ce livre, vous l'aurez compris. Mais qu'en est-il de « l'après-changement » ? Que faut-il de plus pour résister à l'envie de se rétracter ? Bien évidemment de la discipline, de la motivation, mais également la confiance en l'intuition, la maîtrise de la pensée, la loyauté à Soi et de nouvelles routines et habitudes pour maintenir ce cap. Chaque moment de doute devra faire l'objet d'une observation pour en identifier les vieux rouages et les démonter.

Le conseil de l'auteure

Ne regardez jamais dans les coulisses du changement, mais observez les bénéfices gagnés et produits par votre changement. Restez connecté(e) à vos sensations, à votre intuition, et ne vous laissez pas piéger par vos anciennes pensées dévastatrices ou anciens déclencheurs émotionnels.

La difficulté dans la persévérance, c'est de faire abstraction du passé et de ce que votre cerveau pourrait vous resservir dans certaines situations bien connues et répétitives contenues dans sa mémoire. Votre mémoire automatique vous soufflera des comportements types, des réactions émotionnelles spécifiques que vous devrez observer, identifier, stopper, dévier ou contredire. L'implantation de nouvelles données dans votre cerveau nécessite du temps et la moindre reprise de pouvoir de vos anciennes données rendra ce changement plus difficile. Chassez le passé !

Les outils de la persévérance dans le changement

Le premier outil : l'intuition

Pour rappel, elle correspond à cette première impression ressentie lors de certaines situations ou rencontres. L'intuition vous est surtout utile lorsque vos voix intérieures se déchainent contre vous dans une situation donnée. Les voix reviennent pour vous déstabiliser avec une proposition de pseudo sécurité. Ne l'oubliez pas, pour votre cerveau, les voix sont l'outil de l'économie d'énergie. Retrouvez toujours la première impression ressentie, bien avant le déclenchement des voix intérieures et de vos pensées, et prenez vos décisions sur cette base.

Notez ci-dessous des situations ou votre intuition s'est manifestée efficacement :

....

....

....

....

....

Le deuxième outil : la maîtrise des voix intérieures (vos pensées)

Quelle est la solution pour faire taire ces voix parfois démoniaques ? Les combattre ou les observer sans réagir, sans vous impliquer. La deuxième solution est la plus difficile, car il faut résister à leur influence néfaste. Travaillez davantage la maîtrise des pensées (voir exercices de la partie 1) pour atteindre l'art de l'indifférence face aux voix intérieures.

Notez les paroles déstabilisantes de vos voix intérieures qui subsistent dans une situation donnée et expliquez comment vous avez pu les contrer :

....

....

....

....

....

Le troisième outil : la loyauté envers soi plutôt qu'envers les autres

Les exercices de la partie 2 vous ont démontré que la loyauté à travers un rôle existe bel et bien. Vous l'avez compris et déjoué. Maintenant, c'est vers vous uniquement que la loyauté doit être dirigée. Soyez à la fois loyal(e) envers le parcours effectué jusqu'à ce jour et votre vraie nature.

Un homme véritable n'est ni dans un autre lieu, ni dans une autre dimension, ni dans une autre âme, il est en lui, il est au centre de lui-même ! Restez centré(e).

Cherchez un ou des moments où votre loyauté envers vous-même a primé sur une tentation de loyauté à l'autre. Décrivez votre ressenti dans chaque situation victorieuse :

....

....

....

....

....

Le quatrième outil : l'observation

C'est un outil déterminant, car sans l'observation régulière de vos réactions dans des situations données, vous pourriez retomber dans les pièges de l'automatisme.

Lorsqu'une émotion apparaît, une réaction physique ou un comportement type (se référant à vos anciens schémas automatiques) dans une situation donnée, arrêtez-vous et observez ce qui se déroule. Cette action vous mènera à la compréhension de ce qui se passe et à la prise de conscience immédiate du pourquoi. En prenant conscience, vous pourrez réagir et rectifier la donne.

Détaillez ci-dessous des situations où votre réflexe d'observation s'est manifesté et expliquez ce que cela vous a permis de changer :

....

....

....

....

....

Le cinquième outil : les routines et les habitudes

Changer les routines et les habitudes aide le cerveau à modifier ses automatismes. Car c'est dans les routines et les habitudes qu'il se sent à l'aise. Plus les routines sont anciennes, plus le cerveau est satisfait. Si elles sont récentes, il est encore convaincu qu'il peut les éliminer et revenir à ce qui lui coûte moins d'énergie. Considérez les routines comme de petits rituels organisés et les habitudes comme de nouvelles activités automatiques.

Quelle nouvelle routine pouvez-vous créer pour soutenir votre changement à long terme ?

....

....

....

Quelle nouvelle habitude pouvez-vous implanter pour en chasser une mauvaise ?

....

....

....

Le sixième outil : le baromètre de la motivation

MOTIVATION INTRINSÈQUE VS EXTRINSÈQUE

Votre moteur de motivation interne est renforcé par l'identification de vos besoins profonds et donc votre but.

Sachez qu'il peut arriver que votre motivation baisse. C'est normal, nous ne sommes pas des machines ! C'est la finalité qui prime. Si cela se passe, prenez du recul et éloignez-vous un temps, puis replongez-vous dans le travail. Vous pouvez également renforcer votre motivation intrinsèque (intérieure) en allant chercher provisoirement une source de motivation extérieure (extrinsèque) si vous en ressentez le besoin.

Surtout, ne restez pas seul, isolé(e). Exprimez votre détresse ou vos peurs soit à un ami, soit à votre allié (voir jour 29).

Action du jour 28

Je choisis une action dans la liste ci-dessous et je la mets en pratique durant ma journée :

❑ Je contrôle ma « voix intérieure néfaste ».

❑ Je suis dans la gratitude.

❑ Je combats la résistance.

❑ Je gère mes peurs.

❑ Je suis confiant.

❑ Je reste dans le moment présent.

Pourquoi ai-je choisi cette action et comment est-elle vécue aujourd'hui ?

Évaluation quotidienne

Évaluez-vous de 1 à 10 sur les aspects suivants et expliquez vos choix de cotes :

Votre mental :

....

Vos émotions :

....

L'état de vos pensées :

....

Vos peurs :

....

Votre bien-être général/progression :

....

Jour 29

Mon témoin

Mon intention du jour :

....

....

La victoire que je veux remporter ce jour :

....

....

Bonne action du jour 29
Aujourd'hui, ma bonne action est :

....

Réalisée ? Oui/non
Si non, pourquoi ?
Si oui, résultats ?

Le mot de l'auteure

Récapitulons.

Les étapes essentielles à toute démarche

- La force du but poursuivi : si votre but est fort, votre motivation survivra. Cette dernière sera au top si au préalable vous savez pourquoi vous faites les choses et si vous avez bien cerné vos besoins profonds.

- La confiance en soi : tout ce que vous avez fait pour vous jusqu'à ce jour a « boosté » votre confiance en vous.
- L'enthousiasme du changement vous a propulsé là où vous êtes maintenant.
- L'expertise de la connaissance de soi est l'expertise la plus précieuse.
- La préparation par la connaissance de soi est l'ultime préparation possible au bonheur.
- L'autonomie (dégagement de toute dépendance).
- La présentation est ce travail effectué sur vous qui rayonne à l'extérieur.
- La personnalité, la vraie, est celle qui fait de vous un être épanoui et heureux.
- Une discipline mise en place pour aller jusqu'au bout de ce travail et pour en maintenir les effets indéfiniment.
- La puissance de votre performance, car vous avez été extraordinaire et vous sentez le bien-être gagner du terrain grâce à cette énergie nouvelle.

Les mérites de l'éveil

- La droiture envers vous-même, vous la méritez.
- Le courage d'avoir pris la décision de suivre ce parcours jusqu'au bout et d'en entretenir les bénéfices à vie.
- La bienveillance manifestée vis-à-vis de la personne que vous avez été.
- La bienséance/la courtoisie vis-à-vis des acteurs de votre environnement qui n'ont pas été conscients de ce qu'ils vous infligeaient et à qui vous pardonnez leur ignorance.

- L'honnêteté/la sincérité de s'ouvrir aux événements de vie les plus douloureux et en même temps porteurs de bonheur.
- L'honneur d'être vous-même aujourd'hui.
- La loyauté à soi pour toujours.

Les routines de l'harmonie

- Une alimentation rationnelle pour maintenir votre mental fort.
- Une activité physique raisonnable pour respecter votre corps.
- Un repos efficace pour ne pas se perdre dans l'obscurité de la négativité.
- Une hygiène adéquate pour respecter qui vous êtes.
- Une attitude positive à tout égard en permanence.
- L'amour de vous-même et la santé de votre corps dépendent de vous.

L'état d'esprit requis pour maintenir le cap

- Prise de conscience et vigilance par l'observation de soi, car le travail sur soi est une discipline à maintenir pour la vie.
- Clarté mentale pour être capable d'observer les conflits de cœur.
- Équilibre émotionnel à toute épreuve.

Le conseil de l'auteure

Imprimez ces préceptes et gardez-les à proximité. Ils sont vos ressources pour la vie !

Mon témoin

Le moment est venu de clôturer ce travail avec le dernier protocole (jour 30), mais pour le maintien du processus de changement, il convient de désigner un témoin, un allié physique en quelque sorte. Cette personne sera le témoin, l'allié de votre renaissance. Elle acceptera de vous suivre et de vous soutenir dans les moments les plus délicats. Son rôle sera d'observer et surtout d'intervenir si vous flanchez par rapport à vos résolutions.

Alors, qui choisir ? Un très bon ami, fidèle et digne de confiance. Cela peut être aussi un collègue en qui vous avez confiance et qui est prêt à vous soutenir, etc. Cherchez cette personne et confiez-lui cette tâche d'être présente pour vous en cas de besoin. Elle sera un soutien bienveillant.

Exercice : chercher son témoin et fixer des référentiels

Votre témoin : ....

Qu'attendez-vous de cette personne ?

....

....

Expliquez :

....

....

Fixez un mode de travail avec ce témoin, par exemple la fréquence d'un rendez-vous (par téléphone, en ligne ou en réel) tous les 15 jours ou tous les mois pour parler de votre avancement :

Quand ?

....

....

Où ?

....

....

Comment (la forme) ?

....

....

Pourquoi (les thèmes des rencontres) ?

....

....

Quel engagement le témoin prendra-t-il vis-à-vis de vous ?

....

....

Quelle promesse allez-vous faire à votre témoin ?

....

....

Engagement dans le temps : fixez une date d'engagement et de fin de parrainage

Le parrainage commence le..................................

Et prendra fin le ....

Signature du témoin :

Votre signature :

Action du jour 29

Je choisis une action dans la liste ci-dessous et je la mets en pratique durant ma journée :

❏ Je contrôle ma « voix intérieure néfaste ».

❏ Je suis dans la gratitude.

❏ Je combats la résistance.

❏ Je gère mes peurs.

❏ Je suis confiant.

❏ Je reste dans le moment présent.

Pourquoi ai-je choisi cette action et comment est-elle vécue aujourd'hui ?

Évaluation quotidienne

Évaluez-vous de 1 à 10 sur les aspects suivants et expliquez vos choix de cotes :

Votre mental :

....

Vos émotions :

....

L'état de vos pensées :

....

Vos peurs :

....

Votre bien-être général/progression :

....

Jour 30

Protocole 3

Mon intention du jour :

....

....

La victoire que je veux remporter ce jour :

....

....

Bonne action du jour 30

Aujourd'hui, ma bonne action est :

....

Réalisée ? Oui/non

Si non, pourquoi ?

Si oui, résultats ?

Le mot de l'auteure

Je suis très fière de vous !

Le conseil de l'auteure

Soyez très fier(fière) de vous !

Le parcours est presque clôturé et c'est ici que vous pourriez vous égarer ! Ayez le courage d'aller jusqu'au bout des protocoles. Soyez persévérant(e) et vigilant(e) à la fois.

Car l'abandon est facile. Vous croirez que tout est pour le mieux, que vous avez tout résolu, que vous n'avez plus besoin des protocoles, mais votre cerveau est une machine programmée contre laquelle vous ne pouvez rien sans travail. Il est fort et puissant. Il contient des données qui datent d'avant votre naissance ! Et il sait les gérer efficacement sans égard pour votre bonheur. Il guette le moindre dérapage. C'est d'une évidence implacable. Le temps est votre allié.

Voici le troisième et dernier protocole de travail.

Protocole 3

Ce protocole sera réalisé en plus des protocoles 1 et 2 encore en cours (voir votre planning en annexe 1).

Référez-vous à l'annexe 2 et réalisez le « mur de votre vie ».

1. Construire le mur de ma vie

Vous pouvez reproduire le mur sur une feuille de grand format. L'élément central est votre photo et la symbolisation de votre bonheur. Chaque illustration ou photo ou dessin choisi devra correspondre à une étape importante de votre changement, et le mur rempli vous fournira une projection de votre bonheur en construction.

Accrochez-y vos talents, vos nouvelles croyances, vos valeurs, votre mission, votre vision, les décisions, les objectifs, vos actions… TOUT. Utilisez des photos, des mots, des couleurs, le dessin, des collages… Laissez-vous bercer par votre spontanéité et votre créativité. C'est un travail rationnel et artistique.

Le mur achevé deviendra votre leitmotiv à persévérer.

2. Le mur devient une source d'inspiration quotidienne

Lorsque le travail vous satisfait et que vous estimez qu'il est clair, vous le placerez dans un endroit personnel.

Chaque jour, très tôt le matin (de préférence au même moment tous les jours), vous le regarderez, vous vous en inspirerez pour la journée et vous vous imprégnerez de ce qu'il représente : votre bonheur. Peut-être allez-vous le modifier, le compléter en fonction de votre évolution.

Il fera partie de vous et de votre quotidien !

Derniers mots de l'auteure

Félicitations pour ce parcours ! Je ne peux qu'être admirative de votre courage et de votre ténacité à combattre pour votre libération. Mais je vous le rappelle, rien n'est jamais acquis sans maintien du cap. Le changement est un mouvement continu qui se perpétue dans le temps. Si vous persistez dans cette dynamique et si vous utilisez régulièrement les outils au service de la persévérance dans le changement, vous ferez des pas de géant.

Un jour, vous découvrirez que tout cela est bien implanté et vous pourrez lâcher prise en confiance, sans peur, sans doute. La sécurité intérieure que vous aurez créée dans le respect de vous-même sera forte et durable. Ce moment, vous le sentirez profondément. Les peurs irrationnelles seront vaincues. Votre calme et votre sérénité seront perçus à l'extérieur comme des forces immuables. Et celles-ci seront respectées !

Votre environnement n'est jamais fixe. Il s'ajustera au gré de votre propre évolution. Il deviendra le support de votre épanouissement. Votre éveil aura de belles répercussions sur certaines personnes de votre entourage, celles qui accepteront de s'ouvrir au changement. Le plus merveilleux de cette histoire est qu'à votre tour, vous deviendrez un « facilitateur » d'ouverture de conscience. Naturellement, vous attirerez des personnes prêtes. L'harmonie fonctionne comme un aimant. Elle est ce que l'on nomme le « charisme », qui n'est autre que cette belle énergie qui émane de votre âme très naturellement et de votre spontanéité retrouvée. Ce charisme est l'expression de votre aura qui se répandra autour de vous. Votre niveau de conscience va se transformer et transformera les autres.

Vous évoluerez dans un monde intérieur dégagé de toute attente. Libre, plus rien ne vous fera chavirer, et la route sera belle !

L'échéance de tous vos protocoles est le jour 60 à partir du premier jour de votre cheminement. Accrochez-vous à cette échéance ! Allez jusqu'au bout…

Vous êtes une personne unique et formidable !

La victoire sur soi
est la plus grande des victoires.

PLATON

Dominique, avec beaucoup d'amour pour votre âme !

Annexe 1

Planning des protocoles

PLANNING DES PROTOCOLES			
Mes dates	Jours 1 à 10	Mes dates	Après les 30 jours de travail
	Jour 1		Jour 31 + P1 + P2 + P3
	Jour 2		Jour 32 + P1 + P2 + P3
	Jour 3		Jour 33 + P1 + P2 + P3
	Jour 4		Jour 34 + P1 + P2 + P3
	Jour 5		Jour 35 + P1 + P2 + P3
	Jour 6		Jour 36 + P1 + P2 + P3
	Jour 7		Jour 37 + P1 + P2 + P3
	Jour 8		Jour 38 + P1 + P2 + P3
	Jour 9		Jour 39 + P1 + P2 + P3
	Jour 10		Jour 40 + P1 + P2 + P3
	Premier protocole (P1) : 30 jours – à commencer le jour 11		Jour 41 + P2 + P3
	Jours 11 à 20		Jour 42 + P2 + P3
	Jour 11 + P1		Jour 43 + P2 + P3
	Jour 12 + P1		Jour 44 + P2 + P3
	Jour 13 + P1		Jour 45 + P2 + P3
	Jour 14 + P1		Jour 46 + P2 + P3
	Jour 15 + P1		Jour 47 + P2 + P3
	Jour 16 + P1		Jour 48 + P2 + P3
	Jour 17 + P1		Jour 49 + P2 +P3

Mes dates	Jours 1 à 10	Mes dates	Après les 30 jours de travail
	Jour 18 + P1		Jour 50 + P2 +P3
	Jour 19 + P1		Jour 51 + P3
	Jour 20 + P1		Jour 52 + P3
	Deuxième protocole (P2) : 30 jours – à commencer le jour 21		Jour 53 + P3
	Jours 21 à 30		Jour 54 + P3
	Jour 21 + P1 + P2		Jour 55 + P3
	Jour 22 + P1 + P2		Jour 56 + P3
	Jour 23 + P1 + P2		Jour 57 + P3
	Jour 24 + P1 + P2		Jour 58 + P3
	Jour 25 + P1 + P2		Jour 59 + P3
	Jour 26 + P1 + P2		Jour 60 + P3
	Jour 27 + P1 + P2		
	Jour 28 + P1 + P2		
	Jour 29 + P1 + P2		
	Jour 30 + P1 + P2		
	Troisième protocole (P3) : 30 jours – à commencer au jour 31		

Annexe 2

Le mur de vie

Annexe 3

Charte des besoins (inspirée de Michaël Aguilar)

LES BESOINS		
1	Sécurité	Basé sur la réduction des risques et des peurs conscientes, comme la peur de la mort, de la maladie, de la précarité, de l'exclusion, de l'inconnu, de la ruine, de l'échec, du conflit… Très soutenu par notre système, qui entretient et profite de cette peur en nous proposant toutes sortes de produits pour rassurer. Ce besoin assure une vie calculée pour éviter les risques. Son ennemi : l'incertitude, l'inconnu, l'imprévu.
2	Amour/ reconnaissance	C'est la base de notre équilibre. Si ce besoin n'a pas été satisfait durant notre évolution, nous resterons à la recherche de ce besoin toute notre vie. Si vous faites ce travail de développement, vous apprendrez à vous aimer et ce besoin deviendra progressivement secondaire. Entre-temps, ce besoin peut rester très intense. Le besoin d'amour correspond aussi au besoin de sociabilité de l'homme. Mais jusqu'à quel point en sommes-nous dépendant(e)s ? Son ennemi : la solitude, le rejet social.
3	Plaisir	Nous sommes préprogrammés, et dans cette préprogrammation, nous trouvons des instincts de base, comme l'instinct de survie, la sécurité, mais aussi la fonctionnalité corporelle, l'économie d'énergie et le plaisir. La recherche du plaisir est souvent l'évitement de la souffrance. Le plaisir peut aussi devenir une fuite s'il devient une compensation indispensable et perpétuelle pour notre vie faite de souffrance. Son ennemi : l'accroissement de la souffrance ou des interdictions.

Charte des besoins (inspirée de Michaël Aguilar)

4	**Confort**	Basé sur tout ce qui apporte une qualité de vie en termes de facilité, de commodité ou encore de tranquillité et de sérénité. Ce besoin est naturel et ne désigne pas le même concept pour tous. Une vie confortable, pour les uns, est matérielle, pour les autres, est la liberté physique ou encore la liberté d'esprit. Ce besoin doit être réfléchi non pas comme une fin, mais comme un moyen. Son ennemi : les barrières matérielles ou psychologiques.
5	**Nouveauté/ créativité**	Basé sur l'envie de découverte. Fuite du *statu quo* ! C'est un levier de motivation puissant. Avide de nouveauté, cette personne est souvent créative. Son ennemi : la monotonie.
6	**Justice**	Basé sur les valeurs de la justice et de l'égalité. Personne très sensible à tout ce qui peut créer de l'injustice dans sa vie. Sens de l'équité prononcé. Son ennemi : la malhonnêteté, les individus sans scrupules.
7	**Développement personnel**	Basé sur l'instabilité de l'apprentissage. Personne avide de progresser, d'avancer, d'apprendre, de s'améliorer de sa propre initiative. Désir de maîtriser davantage, devenir un expert. Son ennemi : la routine, l'habitude, les situations stagnantes et avilissantes.
8	**Séduction/sexe**	L'instinct sexuel, de séduction, est ce qui assure la continuité de genre humain. Mais cet instinct subit des transformations par notre évolution psychique. La pulsion sexuelle est alors déplacée sur d'autres types de buts socialement valorisés. La conquête du pouvoir en fait partie. L'individu déploiera une motivation à rechercher le regard du sexe opposé, se rendre désirable par des positions professionnelles attractives, une ardeur au travail, etc. Son moteur est le désir de séduire. La présence du sexe opposé favorise les ardeurs. Son ennemi : passer inaperçu aux yeux du sexe opposé.
9	**Beauté et harmonie**	C'est la recherche des valeurs qu'incarnent la beauté, le bien, le sacré, l'harmonie. L'art est une forme d'élévation de la conscience. La recherche de l'élévation par rapport à la condition humaine et de ce que l'humanité a de plus essentiel intrinsèquement.
10	**Dépassement de soi**	Force qui pousse à aller plus toujours plus loin, plus haut. La fuite de la stagnation, du statique, de la survie ou du simple plaisir immédiat. Construire, évoluer, progresser est leur devise.

11	**Réalisation de soi**	Accomplir un objectif ultime de vie, comme faire le tour du monde, faire progresser l'humanité, bâtir un nouveau monde ou créer une œuvre unique qui laissera une marque dans l'histoire. Ce besoin est lié à la réalisation de soi, qui est reliée, elle, à l'image idéale de soi. Lié à la quête d'un sens à la vie qui dépasse la simple survie. Quête de soi liée à une mission de vie très forte.
12	**Liberté/ autonomie**	Se battre pour se dégager des contraintes du contrôle, être libre de ses choix, se libérer des idées reçues, conformistes, des attachements, de certaines valeurs, de dépendances. Ne pas accepter d'être attaché(e). Cette quête suppose davantage de discipline pour éviter les dépendances, quelles qu'elles soient.
13	**Lien**	Lien à la communauté fort, besoin de liens sociaux, de partage, d'accompagnement et de communication. Fuite de l'isolement et de la solitude.
14	**Aventure et risque**	Proche du besoin de nouveauté. Goût du risque par nécessité vitale. Quête de stimuli connectée à la recherche de sensations de plaisir.
15	**Ordre et discipline**	Associé au besoin de sécurité, car il apaise par rapport au risque d'une vie déréglée ou chaotique. Tout est sous contrôle et rassurant.
Les deux besoins suivants n'en sont pas vraiment, car ils sont nourris par plusieurs facteurs de motivation. Ce qui fait qu'ils sont extrêmement puissants.		
16	**Argent**	Assure la sécurité, le confort, permet l'accès à la valorisation sociale, la quête de la liberté et de l'autonomie, de l'aventure qui assure le plaisir.
17	**Pouvoir**	Relié à la quête de la reconnaissance, la sécurité et la réalisation de soi.

Annexe 4

« Journal des conflits de cœur »

Date :	
Conflit de cœur identifié	
Localisation dans le corps	
Description du conflit :	
Couleur	
Taille	
Texture	
…	
Quelle forme a-t-il ?	
Mes ressentis par rapport à ce qu'il est ? Qu'exige-t-il de moi ? De quoi a-t-il besoin ?	
Nourriture du conflit : Texture Forme Couleur …	
Comment se transforme-t-il après le breuvage ?	
Comment se présente mon allié ?	
Comment me protégera-t-il ?	
Quels sont les changements ressentis après ?	
Autres commentaires :	

Annexe 5

Ligne du temps

Ligne du temps 1er Semestre

	Janvier	Février	Mars	Avril	Mai	Juin
Décisions						
Objectifs						
Actions						

Annexe 6

Émotions positives, mots/mots inspirants

Émotions positives	
Excité	
Réjoui	Transporté de joie
Amusé	Euphorique
Enthousiaste	Soulagé
Gai	Conforté
Jovial	Content
Enchanté	Relaxé
Extatique	Patient
Fier	Tranquille
Satisfait	Calme
Heureux	Plein d'espoir
Joyeux	Respecté
Ravi	Étonné

Mots	Mots inspirants
Aimer	Adorer/honorer/glorifier
Attentif	Concentré/réfléchi
Attirant	Séduisant/captivant/charismatique
Bien	Parfait/unique/plein d'énergie
Bon	Inégalable/magique/sans pareil

Mots	Mots inspirants
Confiant	Assuré/ouvert/sûr de soi
Content	Ravi/épanoui
Débrouillard	Brillant/lumineux
Déterminé	Énergique/à toute épreuve
Enthousiaste	Éveillé/décidé
Éveillé	Stimulé/exalté
Fort	Talentueux/volontaire/persévérant
Gentil	Bienveillant
Heureux	Équilibré/serein
Intelligent	Talentueux
Intéressant	Captivant
Motivé	Déterminé
Paisible	Serein
Puissant	Créateur
Satisfait	Comblé

Annexe 7

Le support vidéo et la communauté

Pour avoir accès à la plateforme des vidéos offertes, inscrivez-vous sur le site www.ersmethod.com/dva-fr. L'accès à la plateforme ainsi que le lien d'accès à la communauté privée y seront disponibles.

Achevé d'imprimer en décembre 2021
sur les presses de la Nouvelle Imprimerie Laballery
58500 Clamecy
Numéro d'impression : 112071

Imprimé en France

La Nouvelle Imprimerie Laballery est titulaire de la marque Imprim'Vert®